ME LO CONTÓ LA NOCHE

CUENTOS OBSCUROS DEL PODCAST ORIGINAL
DE RODRIGO LLOP

Me lo contó la noche

Cuentos obscuros del Podcast Original

de Rodrigo Llop

Derechos Reservados 2020
por Rodrigo Llop

Prohibida su reproducción sin autorización escrita.

El texto está basado en el Podcast
del autor, Rodrigo Llop.

Para Ale

*Gracias por tu amor, inspiración,
paciencia y compañía.
Gracias por guiarme y llevarme de la mano
por el camino de la magia.*

"A la muerte se le toma de frente con valor y después se le invita a una copa."

Edgar Allan Poe

ÍNDICE

Prefacio   (1)
1. Intro del Podcast   (5)
2. El funeral del abuelo   (7)
3. Me lo contaron en Navidad   (13)
4. El espejo antiguo   (17)
5. La librería mágica   (21)
6. El doctor   (27)
7. En la barra   (31)
8. Obscura Navidad   (37)
9. Historias de un tanatólogo   (43)
10. El soñador   (51)
11. El fantasma de la guerra   (55)
12. 9-1-1   (59)
13. El muérdago   (65)
14. El llavero   (69)
15. Al fin se fue   (73)
16. El pacto   (79)
17. El contador   (83)
18. Extensión de vida   (87)
19. El actor   (91)
20. La herencia   (95)
21. El mensajero   (99)
22d. Los tres fantasmas de la Navidad   (103)
Epílogo   (107)
Visita al Autor   (111)

Rodrigo Llop

PREFACIO

Sería mediados de la década de los setenta, probablemente. Un viernes por la noche. Mis padres habían decidido ir a cenar fuera y nos quedaríamos en casa solos, mis hermanos y yo. Era el momento perfecto para portarse mal. El plan era no dormir hasta que regresaran, pasar la noche en vela y, de paso, ver algo de la televisión prohibida. La leyenda era que, después de las 11, después de los noticieros y los programas familiares, había programas prohibidos. Uno en particular era el que me llamaba la atención: "Misterio en su casa". En la escuela contaban que era un programa en el que todo podría suceder... Fantasmas, muertos, asesinatos y por supuesto, misterios. Era el último programa del día, con él, acababa la transmisión. Unas barras de colores invadían el televisor con un ensordecedor pitido (si, en aquel entonces la televisión "terminaba" y no era eterna como hoy.

Y así fue. Recuerdo que no vi más de cinco minutos. El miedo de lo que podría suceder me invadió y salí corriendo a la cama, a esconderme debajo de las sabanas. El lugar más seguro de la casa. El miedo de lo que podría ver fue más grande de lo que en realidad proyectarían.

Esa casa era un sitio espeluznante. Tenía tres tragaluces que iluminaban muy bien la casa de día, pero de noche, reflejaban la luz exterior de una manera siniestra. No se diga de las noches de lluvia extrema o de relámpagos. La casa estaba invadida de sombras. Una parte de la casa, la sala y el comedor, eran territorio olvidado una vez que las luces se apagaban en la noche. Se encontraba en un segundo piso, pero el acceso era directo de la calle a través de unas interminables escaleras obscuras. Ahí vivía un monstruo. Jamás bajé de noche. Años más tarde, nos cambiamos a un departamento y conforme uno va creciendo, se da cuenta de que las cosas que espantaban eran boberías de niño. Desconocimiento del mundo. Imaginación. ¡Que sorpresa me iba yo a dar de grande cuando me di cuenta que la cosa no era así! Lo que es real, es real.

Años más tarde -muchos más-, regresé a visitar ese barrio. La colonia Santa María. En un ejercicio por reencontrarme con mi niño interno, visité la Alameda y el Quiosco Morisco, donde aprendí a andar en bicicleta. Compré un helado en la heladería donde me llevaba mi abuelo y visité el museo de geología, el palacio de lo espeluznante. Caminé por esas calles, donde estaba la papelería La Honradez y el único supermercado de la zona, El Sardinero. Caminé frente a la tienda de mi abuelo y frente a la peluquería Madrid. Compré un balero y jugué con él. Fue regresar al pasado. Por supuesto a recordar los tiempos donde todo era posible, porque había empezado a tener visitas nuevamente. Esas visitas que tenía de niño.

Un día tuve un sueño, en el 2016. Visitaba una librería increíble. Eran tres o cuatro pisos y la recorría. En la planta baja había una fuente, un espejo de agua muy bajito y, en seguida, una escalera de mármol semicircular que llevaba al primer piso. Ahí había una cafetería, increíble. Una máquina de expreso señorial adornaba la barra. Todo estaba repleto de libros de todo tipo. Estaba llena de niños. Me desperté a las dos o tres de la mañana, corrí mi despacho e hice un dibujo, aún semi dormido. Al día siguiente lo vi y escribí el primer cuento de esta serie: "La librería mágica". Alguien me contó el cuento en mis sueños y yo lo escribí. Juntos lo escribimos, "alguien" y yo. Después soñé otros cuentos. Otros los comencé yo y el mensaje me venía en el temazcal. A veces en una meditación. Alguna vez soñé con un monje budista que me llevaba a volar por el Nirvana. Otra vez escribí un cuento para darme cuenta que era la historia de un profesor de Qi Gong que posteriormente tuve. Conforme los escribía los grababa y los publicaba en un podcast del mismo nombre. Así nació Me lo contó la noche. Por supuesto, al grabarlo, algunas criaturas me acompañaban, los sentía en la espalda fisgoneando, leyendo mis apuntes conforme grababa. Hubo alguna vez, incluso, uno que regañé porque llegó tarde a la grabación. Nunca más volvió a llegar tarde al estudio. Las historias se iban enmarañando entre el mundo real y el de los sueños. O tal vez no... tal vez soy sumamente inspirado y escribo así. Ya no estoy solo, pero ahora yo soy quien controla todo.

Hoy, te presento 21 cuentos que no tienen como objetivo espantar o asustar. El objetivo no es el miedo si no la gran sorpresa. Se convirtieron en mi taller de escritura que pretendían mostrar un plot twist. Esto es lo que pasa en mi mente y hoy, eres el invitado de honor. Adelante y espero lo disfrutes.

Rodrigo Llop

ME LO CONTÓ LA NOCHE

1. INTRO DEL PODCAST

Este es un boleto para entrar a mi mente. A un mundo que he creado donde todo es posible. Donde la línea entre la realidad y la irrealidad es casi imperceptible, tan delgada y tan frágil como una burbuja de jabón.

Esta es una serie de relatos que narro con la intención de contarte sobre un mundo fantástico que no exite... o tal vez si. Pero, ¿sabes? Esto no lo escribo solo. A veces, cuando es de noche o cuando duermo, aveces cuando medito. Cuando me concentro o cuando estoy a solas. A veces cuando estoy sentado en la obscuridad. A veces cuando toco un tambor en un temazcal, algunos seres me cuentan historias. En los sueños, y las escribo con ellos, luego las grabo y ellos me acompañan. A veces sólo las imagino. Otras veces simplemente las percibo y otras, pareciera como si ya las supiera de antes y sólo las recuerdo.

Yo, soy Rodrigo Llop y estas son historias que me contó la noche.

ME LO CONTÓ LA NOCHE

2. EL FUNERAL DEL ABUELO

El abuelo murió hace un mes. Le había llegado la hora. Lo encontramos sentado en su silla, enfrente de su escritorio, con la cabeza echada hacia atrás como si estuviera durmiendo. Con la pluma fuente con la que escribía en la mano y en la otra un breve escrito, su último cuento. Algo sobre un extraño visitante sabio... no sé. Apenas lo leí y lo guardé en un cajón en el gran librero donde está su más preciada colección de libros. Tomé la llave de su bolsillo, abrí el cajón, guardé el cuento y lo cerré nuevamente. Decidí que lo revisaría más tarde junto con todas las otras cosas de la casa. Y la verdad es que no lo hice hasta hoy, un mes después.

El día que murió, tomé el teléfono, marqué a mi primo, el doctor y vino en seguida.

–"El abuelo murió. Ayúdame con los trámites por favor", le dije.

Mientras, a llamar a Gayosso la funeraria, al panteón y a preparar los papeles. Ya está con la abuela y deben estar bailando tangos al ritmo de Gardel. El funeral fue extraño, fue algo alternativo, digamos. La gente reía, no lloraba... contaba historias del abuelo. Hablaban de sus libros. Incluso hubo gente que llegaba con sus libros e intercambiaban pasajes. Alguien llevó una guitarra y comenzó a cantar. Las flores no eran blancas, eran de colores. Incluso las flamas de las velas bailaban con la música y las risas. Era un cuadro surrealista, algo extraño.

Un par de días después, mi hermana y yo regresamos a casa del abuelo y comenzamos a recoger. Es un trabajo que debes hacer, pero que no quieres hacer. No nos habíamos hablado hasta que decidí tomar el teléfono.

–"Licha, vamos ya... no hagamos más largo este proceso", le dije. Ella accedió. También se estaba haciendo la loca.

Comenzamos por la cocina, envolviendo en papel periódico los trastes de vidrio, la licuadora, los utensilios. La cafetera aún estaba ahí, en la estufa, sucia. Una de esas italianas que parecen reloj de arena. El abuelo se levantaba, ponía el café y se bañaba. Después se servía una taza de café bien caliente y se iba directo a la biblioteca a escribir. Nunca lo vi dejar de escribir. Incluso el día que murió la abuela, él estuvo escribiendo.

–"Abuelo, ¿qué haces?", le pregunté al verlo en su escritorio deslizando su pluma con una voracidad como si se la quisiera acabar.

–"Estoy transcribiendo algunas cosas", me contestó malhumorado.

–"¿Transcribiendo qué?" No había otra cosa en su escritorio más que una pila de hojas blancas de un lado y otra de hojas escritas del otro lado. No había otros papeles, ni notas, ni libros, ni cassettes, ni nada que transcribir. ¿Qué transcribía? Bueno, la verdad es que estaba un poco loco.

Licha y yo decidimos dejar al final la biblioteca. El lugar más fuerte de la casa. Sólo nos asomamos y echamos llave al cerrojo. Continuamos con su recamara, su armario, la sala, el comedor, la repisa de la chimenea donde estaba el recuento de su vida en fotos blanco y negro de todos tamaños, desde joven hasta con los nietos. Dejamos limpia la casa. Ya veríamos que hacer con las cosas cuando termináramos.

El inevitable día llegó. Lo único que quedaba era la biblioteca, así es que nos paramos frente a la puerta, dimos vuelta a la llave y entré. Licha me siguió, dio apenas un paso dentro de la biblioteca y comenzó a temblar, los ojos se le humedecieron. Se frotó los brazos, dice que sintió un escalofrío horrible.

–"¡No puedo!", me dijo. "¡Hazlo tú... hazlo tú...!", y salió corriendo mientras me mostraba su brazo con los pelos de punta y la piel de gallina. Bajó las escaleras sollozando y apenas escuché como azotó la puerta.

No sabía por dónde empezar así es que decidí sentarme en la silla del abuelo. Viendo su escritorio. Viendo lo que veía, viendo su mundo desde sus ojos. Imaginando sus días de escritor. Pasé la mano acariciando su escritorio, dándome cuenta por primera vez que ya no lo volvería a ver. Tomé su pluma fuente de un pequeño portalápices de piel y tomé su libreta. Comencé a acomodar los cientos de papeles que había ahí. De todos tipos, de todas texturas, de todos colores. "Ya los clasificaré luego", pensé.

Como resorte me levanté de la silla al recordar el cuento del visitante sabio y pensé que era el momento perfecto para leerlo nuevamente, con calma. Así es que saqué de mi bolsillo la llave del cajón. La miré. No había tenido tiempo siquiera de verla bien. Era una llave enverdecida por el tiempo, como de cuento. Debía ser de cobre, muy vieja, tal vez de antes de 1900. Tenía un extraño garigoleado que al girarlo entendí que era una pequeña calavera. La punta tenía un extraño brillo, era definitivamente de otro material... Casi tenía luz propia. La metí a la cerradura del cajón y al girarla, un extraño ruido hizo botar el cajón hacia mi, como presentándome su contenido.

Así es que tomé el cuento... no recuerdo que el cuento fuera tan largo, pensé. Recuerdo haber guardado no más de diez hojas escritas de puño y letra del abuelo, con su pluma fuente. Ahora eran más de treinta. Las primeras, las que estoy seguro que leí y guardé, estaban ralladas, tachonadas, corregidas y el cuento tenía otras diez hojas más. Nuevamente, escritas con la letra del abuelo.

- "Debí haberme equivocado", pensé. "Es difícil recordar lo sucedido el día que murió."

En esos momentos, todo se ve como una vieja película, ¿no te pasa? Todo es confuso. En automático el cuerpo reacciona. Se que llamé a mi primo el doctor, pero no recuerdo haber marcado. Miré el teléfono de su escritorio. Estoy seguro que no me sé de memoria su teléfono y, sin embargo, marqué desde el teléfono del escritorio del abuelo, desde el teléfono viejo... de disco.

Me senté y comencé a leer el cuento. Ambas versiones, la original primero ignorando todos los nuevos comentarios y, después la segunda versión, siguiendo las notas y tachaduras. La segunda versión es mucho mejor. Tomé las hojas y las volví a guardar. Seguramente Licha habría encontrado otros papeles y los había guardado, así es que cerré el cajón, cerré la biblioteca, cerré la casa y me fui.

Al día siguiente desayuné con Licha, llegué a su casa temprano, se acababa de despertar. Se veía terrible. Estaba en bata. Ella hizo el café mientras prendió un cigarro. Platicamos de… nada… pero fui llevando la conversación hasta donde quería, hasta las historias del abuelo. Me dijo que el abuelo le contaba historias cuando era niña, sobre los muertos. Pero no eran cuentos de miedo. Decía que tenía un amigo que iba y venía y que le contaba cosas que pasaban del otro lado:

–"Haz de cuenta que en el cielo", le decía el abuelo.

–"De grande, ya a uno se le olvidan las cosas. Ese día en la biblioteca", me dijo Licha, "sentí algo... no sé qué... por eso me fui".

Fui directo a preguntarle sobre el cajón.

–"¿Qué cajón?", me contestó.

–"El de sus cuentos", le dije obviando la respuesta. "¿No guardaste sus escritos en el cajón?", le pregunté.

–"No. Ese día que entramos a la biblioteca, vi su pluma en el suelo, la tomé y fue cuando sentí el escalofrío. Antes de morir, me dijo que me regalaría su pluma fuente, con la que escribía, así es que la tomé", me dijo. "De niña siempre lo vi con esa pluma, dorada, brillante. La sacaba de su bolsillo y me la prestaba, la miraba por horas."

–"¡No la pierdas!", me contó que le decía el abuelo. "Algún día será tuya, el día que me vaya."

–"¿Me dejarías verla?", le pregunte.

- "Me da pena, pero no la encuentro... No sé dónde la dejé. Estoy segura que la eché en mi bolsa, pero no está. Ya le di la vuelta a la casa y no la encuentro."

Le conté sobre el escrito. Le conté sobre la pluma que ese mismo día vi en el portalápices de piel. Se la describí.

–"Esa es, esa es la pluma que me llevé", me dijo.

–"No, no creo que te la hayas llevado, estaba en su escritorio cuando saliste corriendo."

Le conté sobre la llave y sobre el cajón. Sobre el cuento y sobre las correcciones que aparecieron. Fuimos a la biblioteca y le mostré el cajón encontrando nuevos escritos. Y así ha sucedido desde que murió. Todos los días. Sin falta. Todos los días hay en su escritorio una taza de café vacía, no hay cafetera en la estufa, ¡no hay cafetera en la casa del abuelo!... La pluma está todos los días en el portalápices, por más que la cambiemos de lugar, siempre aparece ahí.

–"Es sencillo", le dije a Licha. "Te dijo que la pluma seria tuya cuando se fuera y, aún no se ha ido."

En algún momento publicaremos sus libros. Un libro póstumo. No sé como lo explicaremos, pero será interesante ese día.

ME LO CONTÓ LA NOCHE

Rodrigo Llop

3. ME LO CONTARON EN NAVIDAD

Llevo más de dos horas en el hospital y es un suplicio. Nadie viene a decirme que pasa, nadie me informa nada... las enfermeras se pasan de largo, los pasantes solamente corren de un lado a otro colgándose en el cuello su estetoscopio y quitándoselo del cuello, como si fuera lo único que saben hacer. Lo único que les enseñaron en la universidad. Los doctores... vaya... los doctores ni se aparecen por aquí. La sala de emergencias es territorio perdido para ellos. Reportar el estado de un paciente, es una tarea demasiado insignificante para un doctor... despreciables. ¿En donde se perdió la parte humana de los doctores y de los hospitales? ¡Chale! Ni porque es Navidad.

Me pongo de pie y deambulo, por el pasillo. Las luces parpadeantes del raquítico árbol de Navidad del pasillo me hacen recordar la llegada de la ambulancia. Me adentro en ellas, imágenes, llantos, gente gritando, tumultos alrededor llegan a mi mente en forma de nebulosos recuerdos. Los desagradables villancicos del sonido ambiental me regresan a la realidad; aquí, al hospital.

Me asomo hacia la parte de los cubículos cada vez que las puertas de aluminio se abren cuando un paciente es ingresado. El golpeteo de las sillas de ruedas y las camillas con la puerta de aluminio comienzan a enloquecerme. Es una punzada que, como un cincel, casi perfora mis oídos. Mi migraña ha desparecido, tal vez toda esta situación me distrajo y la olvidé. Es extraño.

Meto mis manos a la bolsa del pantalón y me encuentro con una envoltura de chicle, un pequeño papel hecho bola, tres monedas que suman... 17 pesos y... otras cosas. Tomo el papel y soplo la palma de mi mano para que las pelusas y otras basurillas vuelen para caer en el piso. Mientras me dirijo a la maquinita de café, desdoblo el papel.

"Encontrarás compañías extraordinarias", decía. Fue lo que me dijo en la mañana la galleta china de la suerte. Ya no siento las agruras de la Sriracha del pollo agridulce. Volteo a ver a la gente a mi alrededor... no hay compañía que merezca ser mínimamente extraordinaria. Al menos aquí. Y en mi vida, mi soledad... esa sí que es una compañía extraordinaria.

Me acerco a la máquina de café, arrastrando mis enormes botas negras con peluche blanco mientras me rasco el cuello. Esta barba de estopa me pica. Veo mi reflejo en la máquina, me veo ridículo, me siento ridículo. El rojo nunca me sentó bien. ¿Qué pensarán los demás? Un *Santoclos* en un hospital. Lo bueno es que no tengo yo que decirle a los niños que no fastidien. Los padres se encargan de eso. Creo que ven mi traje sucio, la sombra de mi barba canosa a medio cortar, mi cinturón negro con la gran hebilla rota, mi hedor a días sin bañarme y mi tufo a destilado de caña. Ellos se encargan de decirles que no se acerquen. No... ni si quiera ponen ron en la botella, es destilado de caña. Es curioso como actúan, me ven, pero no fijan la mirada... se siguen de largo. Justo al pasar junto a mi abrazan a sus hijos haciendo que miren hacia otro lado. Como si fuera invisible, más bien transparente.

- "¡Qué! ¿Qué me ves? ¡Ah!... ¡Ja!", les digo cuando pasan mientras doy un zapatazo estruendoso en el piso para espantarlos. Che gente.

La gente se asusta cuando lo ven a uno así. Humilde.

Echo las monedas a la máquina, aprieto el botón de café con dos de azúcar.... nada... no sale nada... golpeo la máquina, la jalo, la empujo, la meneo... la luz titila, hace como corto circuito y la gente voltea. Pinche máquina... ya se trago mi lana. Así es que regreso a la silla donde estaba.

–"No... no me gusta la Navidad", le digo a la señora que está en la hilera de sillas frente a mí y ella me ignora. Sigue leyendo su revista... su TVyNotas. Instruyéndose...

–"Sí... me siento ridículo, pero algo tengo que hacer...¿no?", le digo en un tono altanero mientras meto la mano a mi otro bolsillo, el del gran saco rojo de terciopelo y saco mi botella de destilado de caña y le doy un trago.

–"Uhuhuhuh", antes estaba más fuerte... ora no más raspa. Y mientras guardo la botella, me dejo caer de bulto en las sillas de la sala de espera. Meto las manos a las bolsas para calentarlas y... ¡Ah!... Ahora recuerdo. Saco una cartera rosa, desgastada, deshilachada. Trato de ser discreto y me giro para cubrirla mientras la abro y veo en su interior. Vacía... de lana vacía... "Me lleva la chingada", digo en voz baja. Credenciales, fotos, papeles varios que ni veo. Me la vuelvo a guardar. Deambulo por todos lados preguntándome:

–"¿Qué haces aquí? ¡Ya llégale! ¡Vete! Pos si ya viste que se salvó. ¿Pa' que te quedas?", me repito en la mente una y otra vez. Un vacío en el pecho me dice lo contrario... que me quede. Creo que es la consciencia pero hace mucho que no estaba conmigo. Duele, me abandonó... hace años.

–"Te van a agarrar con la cartera en la bolsa", me dice mi mente... "Quédate... me dice esa fuerza que traigo atorada en el pecho. Ya estás aquí. No hay policías, es 24 de diciembre... ¿quién te va a querer agarrar?"

Fue cuando salió el doctor. Finalmente un maldito doctor.

–"¿Quién viene con la niña del suéter rosa?", preguntó mientras hacia una pausa y pasaba hojas en el historial clínico. "Mmmm...Elisa...se llama."

Inmediatamente me acerco y cuando estuve a punto de decir "¡Yo!", un hombre me pasa casi atropellándome.

–"¡Es mi hija! ¡Es mi hija!", gritó en contadas ocasiones llorando desesperado.

–"Señor, su hija está bien. Le operamos la pierna, la tenía partida en varios pedazos, pero nada de qué preocuparse. Está en recuperación."

El hombre se desploma al piso sollozando mientras el doctor lo levanta del brazo, lo consuela, y le pide que pase a recuperación. No sé que hacer. No sé si decir algo, no sé si acercarme, no sé si irme. Tomo la cartera y no sé si regresarla o... miro al bote de basura... tal vez tirarla.

–"Señor, hay papeles que firmar y autorizaciones que realizar, pero primero vamos a ver a su niña", le dice el doctor mientras lo dirige hacia a dentro empujando la puerta de aluminio. Mientras se cerraba lentamente, poco a poco, alcancé a ver a un colega... otro *Santoclos* acostado en una camilla. Con su traje de rojo, sucio, con las botas negras muy desgastadas y el cinturón roto en la hebilla...

–"Vámonos ya", me dijo un enano disfrazado de duende.

–"¿Vámonos? No que vámonos ni que la ch... yo me pelo".

–"Ya fueron muchos años que estuviste en la calle, de aquí para allá... ya son muchos años de teporocho... Te tenías que ir algún día. Tuviste mucha suerte de que te tocara irte hoy. El día que casi atropellan a esa niña, a Elisa. ¿Entiendes que está pasando?", me pregunta el duende. "No te hagas Frijol."

¿Frijol? Nadie me llama el Frijol desde... desde ... que me dejaron mis cuates por... por eso... por borracho.

–"Te decían el Frijol porque saliste bueno pal pedo, ¿o no?", dijo el duende.

Tomo entonces la cartera nuevamente y la miro... logro recordarlo.

–"Se la birlaste a la jefa de Elisa... ¿te acuerdas? Se te acercó quesque para que escucharas a la niña! ¡Jajaja! Te pusiste en cuclillas, escuchaste a la niña que juguetes quería para Navidad y... sin que la jefa viera, metiste la mano en su bolsa y te echaste a correr. La jefa se quedó pasmada pero la niña, te siguió sin entender que pasaba. No había terminado de contarte todo lo que le quería pedir a Santa Claus."

–"Y... fue cuando la atropellaron..."

–"¿A la niña? A la niña no la atropellaron. Te atropellaron a ti. Te cruzaste la calle y la niña te siguió. El camión no alcanzó a ver nada y en el último momento alcanzaste a regresar para empujar a Elisa. Cayó en la banqueta y se rompió la pierna... a ti... a ti te llevó el camión", me dice el méndigo duende.

–"No más tenías que esperarte aquí a que llegara el papá de la niña. La estabas cuidando. Si no hubieras robado esa cartera, el que viene por ti es el de la licra roja de la pastorela... el de los cuernos... el hermano malo de Alex Lora... ya sabes pues. Así es que ... pus ya vámonos...".

En ese mismo instante le muestro la cartera. "¿Y esto?", le pregunté.

–"Eso... eso no lo tienes en la mano. La tiene tu otro yo, el de adentro, el que está allá acostado. Ya se lo darán a la mamá de Elisa. Tu tranquilo."

El enano me agarra de la mano... y me lleva por el pasillo, hacia la luz.

–"De la que te salvaste amigo".

–"¿Me salvé? Pos si estoy muerto".

–"Sí... pero... ¡Muerto bien!".

–"¿Muerto bien?... ¡Bien muerto!".

–"¡Oh!... ¡Nada te gusta!... Piensa que es..., un milagro de la Navidad".

–"¿Navidad? ¡La maaaaanga!", le digo.

–"Te va a gustar el cielo carnal.", me dice el enano.

–"¿Tú me mandaste esta galleta de la suerte?", le pregunto.

–"¿Te gustó?", me dice mientras ríe. "¡Jajajajaja! Sabía que te iba a gustar. Tu y yo vamos a ser muy buenos amigos".

4. EL ESPEJO ANTIGUO

Se fue. No llegó a nuestra cita. A la cita que teníamos hoy. No se despidió siquiera, no nos pudimos despedir. Me dirás que no es para tanto, que mañana empieza una nueva vida... no sé cuántas veces he empezado esta. Sabía que no era forma de tener una relación y, sin embargo, nunca quise darme cuenta de que algún día esto terminaría. Las historias de amor en un hotel de paso, nunca son duraderas. Siempre terminan mal. Ya era para que lo supiera.

Si, si... tú dirás, "¿Sabes? Te lo buscaste... ¿Con una mujer casada?". Y yo te contesto... uno no decide donde se estaciona el corazón. El corazón va solo y tu nada más vas atrás... siguiéndolo y dejándote llevar. ¿No me digas que no has caído en donde no debes? ¡Por favor!

Pero en realidad, el problema no fue que estuviera casada. Déjame contarte.

Todo comenzó con un... romance de una noche. Una de esas fiestas de la oficina en la que todo mundo está borracho y yo, por supuesto, lo estaba también. Ella era la jefa, bueno... no mi jefa, si no la jefa de mi mejor amigo. Llevaba años de conocerla y ella de coquetearme. Aún así, era la directora y yo era un simple analista. Lo más bajo en la cadena evolutiva de la oficina. Yo revisaba las interminables sábanas de papel verde y blanco que escupía la impresora vieja con todos los costos, gastos, facturas y nóminas de la empresa. Interminables hojas consecutivas, pegadas, con hoyitos en las orillas, ¿sabes?, para que la oruga de la impresora las jalara y las deborara de una enorme caja en el piso, escupiéndolas impresas del otro lado.

La oficina estaba decorada con cupidos y corazones. Muy meloso... Febrero. Al finalizar el día ella nos dio una pequeña bolsita de caramelos Laposse, de esos que tienen una pasita en el centro y que todos escupen. Febrero había sido un buen mes para la empresa y decidió abrir una botella de champán. Alguien encendió el radio que tenía en su escritorio, y comenzó la fiesta. La botella se acabó de volada y de pronto, ya había más alcohol. Jugamos a la botella: girarla en el piso y retos a quien apuntara. Las cosas se salieron de control, ella y yo nos metimos primero en el armario de las escobas, luego en su oficina. Ya tarde, terminamos en un hotel de paso. A mi, siendo soltero, me preocupó muy poco llegar a un departamento vacío. Ella mal casada, le preocupó muy poco llegar a su casa fría.

Pasamos la noche entera en la habitación 19 de ese sucio hotel. De esa noche, no me acuerdo más.

A la mañana siguiente, me desperté.

- "¡Vaya noche!", me dijo. Sólo para darme cuenta que la cama estaba vacía, que su ropa no estaba. Me levanté al baño y busqué por todos lados... No estaba.

Fue cuando la conocí. Esa mañana. Nos vimos durante años... Ese cuarto se convirtió en nuestro refugio, en nuestro rincón, nuestro escondite. Era un espacio que nos pertenecía y donde podíamos ser ella y yo. Ella escapaba de una relación agresiva, violenta, sin libertad... de su tiempo y yo, de mi soledad, de mi rutina, de las repetitivas labores de oficina, donde siempre uno más uno eran dos.

Hicimos un pacto, nos veríamos todos los días. Justo ahí, donde nos conocimos. Alrededor de las 7. En cuanto salía de la oficina, corría al hotel y pedía la habitación 19.

- "Tenemos unas habitaciones recién remodeladas", me decía el encargado.
- "No... la 19 por favor". El encargado siempre volteaba haciendo una mueca de desaprobación. Debía pensar que estaba loco, siempre pidiendo la habitación más vieja, con la alfombra sucia y desgarrada, con olor a humedad y con el espejo, el espejo antiguo. Nos pasábamos horas platicando.

Ella pasaba mucho tiempo sola mientras él, su esposo, salía a altamar. Siempre fiel, siempre lo esperó. Todos los días salía de su casa y camino del mercado se sentaba en una banca en donde miraba el infinito mar y contaba los días del regreso de su amado. El olor a pescado de los navíos descargando, así como la brisa que hacía volar su pelo era lo que le recordaba a su marido.

Un día él llegó a casa... sucio, con la barba sin cortar, malhumorado porque perdió toda la pesca de la temporada al haber quedado atrapado con su tripulación en una tormenta. De milagro logró sacar el pequeño barco a flote y regresar a la costa de Nantucket, en Massachussets. De una patada abrió la puerta y la vio sentada, al lado de la pequeña estufa de carbón que servía para calentar la humilde casa. Ella se levantó sorprendida por la aparatosa aparición.

- "¿A quién esperas?", le preguntó.

- "A ti", contestó ella.

- "¿Hoy? ¿Me esperabas precisamente hoy? ¡Debería estar llegando la próxima semana de no ser por la tormenta que me pilló! ¿A quién esperas con ese vestido?", contestó molesto mientras tiraba al sofá la gorra de capitán y la cubeta con escasos pescados diminutos que logró recuperar.

- "Te espero todos los días", contesto ella. "Todos los días me arreglo esperando el día que regreses."

Él, no le creyó y rabioso de celos la golpeó. Cayó al suelo y se golpeó la cabeza precisamente con la pata del espejo, quedando tendida. Dice que vio su cuerpo sangrando, cuando el espejo la atrapó.

Mi primera noche en el hotel, cuando desperté ese día de San Valentín, fue cuando la escuché por primera vez. Después de buscar por todo el cuarto quité mi camisa de encima del espejo antiguo y desvelé una imagen que difícilmente podía distinguir. Era el reflejo de ella en la cama... encima de mi cama... de mi cama vacía.

Era un espejo de pie, del tamaño de una persona, antiguo... que digo antiguo..., muy, muy viejo. Era un óvalo, bastante quemado por el tiempo. Difícilmente podría verse el reflejo, como si la película reflejante de plomo se estuviera carcomiendo o desprendiendo. Quemada por el sol. El espejo tenía un marco de madera color café obscuro, labrado y sostenido con cuatro patas.

El espejo llegó a México por barco, en un contenedor, como uno de los artículos de una subasta junto con muchas otras piezas de finales de 1800. Paso de casa en casa hasta terminar en el mercado de antigüedades de La Lagunilla y por estar en malas condiciones por el tiempo, llegó a este viejo hotel de paso. Así nos conocimos. Así nos enamoramos. Así nos frecuentamos todos los días en la habitación 19... hasta hoy.

Hoy llegué como siempre a las 7 y pedí la llave del cuarto 19. Cuando el encargado me dio la llave tembloroso, sentí que algo no estaba bien. Abrí la puerta y me costó trabajo deslizar la llave. Tuve que empujar la puerta sólo para darme cuenta que el marco del espejo estaba vacío. La camarista me contó que, en un pleito la noche anterior, un hombre malhumorado golpeo a una mujer y que ella, al escuchar los gritos llamó a la policía. Los gritos cesaron y al abrir la puerta, la policía encontró el cuerpo del hombre, grande, corpulento, cubierto de sangre y, el gran espejo antiguo roto encima de él. Al voltearlo, un pedazo del espejo se encontraba en la yugular. El robusto hombre murió desangrado y la mujer fue llevada al hospital.

Ella... ella lo veía todo... siempre lo vio todo y estuvo atrapada en ese espejo hasta que nos conocimos y nos enamoramos. Si por ella hubiera sido, se hubiera quedado en el espejo por siempre, conmigo.

Lo único que me consuela es que, por ella, esa mujer golpeada aún está viva. Aunque no pueda verla más, espero volvérmela encontrar en otro espejo.

Sólo te digo una cosa, la próxima vez que te tomes una selfie en el espejo, piensa que tal vez hay alguien del otro lado, sonriendo, mirando, vigilando, cuidándote... alguien puede estar viviendo en ese espejo.

5. LA LIBRERÍA MÁGICA

Me levanté temprano y encendí la cafetera. Tal vez era demasiado temprano, y no lo digo por la hora. Lo digo por lo poco que dormí. Ayer fue una de esas extrañas noches de juerga en las que no bebes de más, no comes cochinadas, sólo platicas y platicas durante toda la noche con tus extraños amigos. Llegué a las cinco de la mañana a casa y con sólo dos horas de sueño, me metí a la regadera. Es demasiado largo el baño, y el agua tibia no ayuda a despertarme. Salgo de la regadera y me afeito. En realidad, sólo recorto delicadamente el espacio que está debajo de mis largas patillas y mi barba de candado. Dibujo el contorno cuidadosamente debajo del cuello. Tomo un poco de cera y hago dos picos en mi largo bigote de "Dalí", como le digo yo; bigote de "diablito de lotería", le dicen mis amigos mágicos. Mi pelo canoso, engominado hacia arriba. Un express cargado. Hoy es triple.

Abro el cajón de mi restirador y saco del fondo una cajetilla de cigarros, de las baratas, de las que fumaba de estudiante en la facultad de arquitectura. Tomo un cigarro, cortito, sin filtro, con tabaco fuerte y obscuro y lo fumo. Ya ni me gusta fumar, pero es el ritual de entrega que siempre he tenido, incluso desde antes de graduarme. Lleno mis dedos con los anillos de costumbre, el de calavera, el grueso de plata que me regaló Elena en Taxco, el de turquesa. Lleno mis muñecas con los brazaletes de piel y chinchetas metálicas. Un saco con las mangas dobladas y mi pañuelo de calavera en el bolsillo. Estoy listo.

Son apenas las ocho de la mañana y manejo mi Mustang 68 convertible. Me hubiera gustado manejar mi moto, pero la tengo solamente en mi despacho como un artículo de exhibición. Desde el accidente, no la he manejado y tampoco he podido venderla. Simplemente no tengo los huevos para desprenderme de ella.

Llego a la librería, es demasiado temprano y no ha llegado nadie, ese era el plan. Ni siquiera el personal de seguridad está ahí. La inauguración es a las 12 del día, pero quiero dar una revisada antes del evento. Que todo esté bien y asegurarme de que la fiesta de ayer no haya tenido estragos como en la inauguración del hospital. Sé que son travesuras, pero ellos no entienden que, de este lado, las travesuras tienen otra connotación. Así es que recorro todo el local. De punta a punta. En el primer piso están los sillones en forma de libros viejos, y una alfombra con uno de los pasajes de Peter Pan: *"Fe, confianza y polvo de hadas"*. ¡Me encanta! En la pared contigua está dibujada con un material que no logro reconocer, la sombra de Peter Pan, una silueta ennegrecida. Parece como si una chimenea hubiera sacado humo durante años, pero no puede ser. Esto apareció de ayer a hoy. Solamente sonrío y voy por un pequeño leño del almacén que utilizábamos para revolver la pintura con el tíner. Lo enciendo unos segundos y dejo que se consuma para obtener un obscuro carbón. Defino un poco más el contorno de la figura de la sombra y la termino delicadamente asegurándome de que la forma esté más clara. Me gusta la idea.

Los cojines de los sillones están desalineados, pero no logro recordar si fueron ellos o si fui yo. Los arreglo, los sacudo un poco y les doy forma. Continúo mi recorrido y noto al fondo una pila de libros de al menos 2 metros de altura. Me subo a un banco y los voy bajando cuidadosamente para que no se maltraten. Todos ellos de dragones, castillos y caballeros. "La Espada en la Piedra" y "Harry Potter"; "Excálibur" y el "Rey Arturo". Este fue Gabriel, le encantan este tipo de libros. Sigo mi recorrido y cruzo por el pequeño mini auditorio que diseñé con *foam*, hule espuma de colores y cojines divertidos. Es una especie de ruedo o una pista de circo con tres hileras de asientos concéntricas en donde los niños se sentarán a escuchar cuentos, historias y relatos. Aquí están regados todos los pastelillos, dulces y caramelos que les traje ayer. Las envolturas están cerradas y el contenido intacto. No pueden comérselos, aunque si los disfrutan y se los comen sin comérselos... No sé, no puedo explicarlo. Los comen sin abrirlos y siguen ahí, al mismo tiempo, cerrados. Los recojo y los pongo en una caja. Hay que tirarlos. Ya no sirven.

Continúo mi recorrido, rodeo la fuente interior. Es un espejo de agua muy bajito que diseñé para darle frescura y profundidad al lugar. Me encuentro con la escalinata clásica de mármol, casi versallesca que corona el centro del salón. Tomo el barandal dorado que, como bastón de anciano, se retuerce magníficamente en la punta al principio y al final de la escalera. ¡Me encanta! Con mi pañuelo voy limpiando despacio y delicadamente algunas pequeñísimas huellas que se alcanzan a ver en el brillo del bronce del barandal. Subo uno a uno los escalones disfrutando e imaginando el recinto lleno de clientes... de niños.

El segundo piso, tiene un balcón con barrotes que hace juego con la escalinata. A la gente le encantará ver el magnífico piso principal desde arriba. Me encanta, es genial. Sigo el contorno del balcón y llego a la sección en donde están los libreros con los libros educativos para niños: ciencias, astronomía, biología. Igual que resaltan las teclas negras de un piano, del librero resaltan algunos libros ligeramente salidos. No es ningún mensaje en particular, pero si estoy seguro que fue Ángel. A él siempre le gustaron las matemáticas. Con el platico de números, de ecuaciones, de operaciones y coincidencias matemáticas. Lo vuelven loco. Los libros salidos tienen un extraño patrón que logro descifrar. Saca el primero y deja dos libros dentro. Saca el tercero y deja cuatro libros dentro. Saca el quinto y deja seis libros dentro. Es un fastidio encontrar sus mensajes, pero es una extraña forma de desearme suerte.

En este piso es donde se encuentra la cafetería. Los estantes y los refrigeradores ya se encuentran llenos de galletas y pasteles para los invitados al evento. Enciendo la cafetera y comienzo a deshacer la pirámide de tazas que Miguel dejó. A él le fascinan las máquinas, los motores, las palancas y los botones. Maquinista, dice que quiere ser. Dejo todo listo para prepararme un café en cuanto la máquina esté caliente. Continúo por el segundo piso sabiendo que la pared del pizarrón de la parte trasera será un asco el día de hoy. Para mi sorpresa, no es así. El enorme pizarrón de 6 m^2 de superficie está limpio, impecable y la caja de gises está cerrada y en su lugar. María está triste porque no nos veremos en un periodo, espero que sea corto. Ella siempre traza, dibuja y deja corazones pintados en todos lados, en donde puede... Menos hoy.

–"¿Nos vas a dejar otra vez?", me preguntó ayer triste y melancólica.

–"Sólo un ratito nena, en lo que encuentro otro proyecto para niños". Se dio la vuelta y se sentó a llorar dándome la espalda.

Continúo recorriendo el edificio, ahora subo al siguiente piso por unas escaleras más bien modernas que se encuentran pegadas a la pared derecha. Los escalones son bloques rectangulares de madera de distintos tamaños que hacen ruido cuando se pisan con fuerza. Comienzan grandes y se van haciendo pequeños conforme suben hasta llegar al tercer piso. Cada uno con tono distinto. En un cajón flamenco me inspiré. Veo lo que parecen ser unas pequeñas huellitas en cada uno de los escalones. ¡Ja! Son Melissa y Daniel. Ella está fascinada con los trajes flamencos de bolas y él con los sonidos. Por todos lados va golpeando todo con sus baritas produciendo ritmos. Es un enamorado de la música. Una bailarina y un músico quieren ser. Así es que limpio las huellitas conforme voy subiendo, estoy seguro que se quedaron bailando y cantando de arriba abajo después de que me fui anoche.

El tercer piso es el de los libros para niños grandes. Asemeja una biblioteca. Está bañado por un domo de cristal de colores tipo Tiffany, varios tapetes persas y muebles de madera obscura y piel. Algunas lámparas de pie y de escritorio adornan con luz amarillenta las mesas largas de madera. Sus pantallas de vidrio soplado color verde botella hacen que se vea muy elegante. Como en una antigua historia de Agatha Christie. En este piso está mi sillón favorito. El que siempre pongo en todas mis obras. Es un sillón alto de piel color camello y patas de caoba. Cuando me siento, ellos llegan. Alcanzo a escuchar a lo lejos unas inocentes risas justo en el momento en el que la piel rechina y suena como un pedo.

Un mes estuve en el hospital, después del accidente de moto. No iba rápido, no fue mi culpa. El aparato patinó en un charco de aceite y Elena y yo salimos proyectados. Ella contra un poste, yo contra el pavimento. Ambos estuvimos en terapia intensiva, ella dos días, yo dos semanas. Cuando salí de terapia intensiva, me dieron la noticia fatal, aunque me costó trabajo entender bien, por qué entonces ella venía a visitarme todos los días. Entraba a las dos o tres de la madrugada de la mano de un niño, luego con dos. Los últimos días, mi cuarto estaba lleno de niños y platicábamos hasta las seis de la mañana cuando llegaba la primera enfermera del turno. Dejé de verla el día que salí del hospital. Incluso regresé a buscarla… A todas horas, por todo el hospital. Un mes después, dos meses después, luego tres meses. Después seis. Nunca la volví a ver. Durante su espectral estancia en el hospital, comenzó a cruzar niños que estaban atorados en este plano, que no habían sabido cómo subir al cielo. Desató muchas, muchísimas almas que rondaban el hospital hasta dejarlo limpio. Varios meses después conseguí un proyecto magnífico: el diseño del Hospital Nacional Infantil, un proyecto con gran presupuesto y con total libertad creativa, pero no sabía como hacerlo. Literalmente tocaron a mi puerta y me dijeron que tenían referencias impresionantes y que sólo lo harían si yo estaba con ellos. Así es que tomé mi cuadernillo, mi portaminas y me senté una noche en mi casa, en el sillón de piel color camello y caoba, a las 3:33 de la mañana. Escuché risas justo en el momento en el que rechinó el sillón y alcancé a oír:

–"¡Antonio se echó un pedo!". Al menos 20 niños aparecieron. ¡De todas las puertas salieron, por todos lados llegaron y se posaron a mi lado!

–"¿Qué dibujas?", me preguntó uno de ellos.

–"Un hospital, pero no sé cómo", les contesté.

–"¿No sabes? ¡Pero eres grande! ¿Cómo no sabes?", me preguntó otro.

–"No lo sé todo… ¿Cómo crees que deba hacerlo?", le pregunté.

Y todos se sentaron a mi alrededor dándome ideas. Colores, formas, texturas. Diseñé un hospital para niños, diseñado por niños que estuvieron en un hospital y que lo pasaron mal. ¿Cómo harías un sitio mágico para niños en donde la depresión lo invade y contamina todo? Un sitio mágico para que los niños se curen más rápido y mejor.

Ese proyecto ganó un premio internacional, igual que la escuela que diseñé después, y el parque de los niños. Me volví "El Arquitecto de los Niños". Aparecí en todas las revistas, periódicos, entrevistas en la tele. Mi despacho era pequeño, pero comencé recibir aplicaciones por cientos. Acepto arquitectos jóvenes porque son los que más energía y entusiasmo tienen, pero no para mi área creativa, porque mi equipo creativo está completo. No lo cambio por nada.

De madrugada llego al despacho con mis notas, dibujos, *sketches*, bosquejos y se los doy a los jóvenes arquitectos para que los pasen a la computadora y hagan las respectivas maquetas. Todos me cuestionan cuál es mi proceso creativo y me piden que los invite a trabajar.

- "No puedo revelar mi secreto", digo siempre con voz misteriosa. "Te espantarían los fantasmas que me ayudan con las ideas", y río.

ME LO CONTÓ LA NOCHE

Algunas lámparas del tercer piso no funcionan. Los focos están flojos. Ese es Héctor, el más grande. A él le gustan los cuentos de misterio y a veces le gusta poner el ambiente más lúgubre, obscuro... para espantar. Dejo todo en orden, reluciente, perfecto. Bajo al segundo piso intentando hacer una melodía conforme voy pisando fuerte los escalones de madera. Definitivamente soy arquitecto y no músico. Me preparo un café y me siento a mitad de la escalinata de mármol. Los niños vivos van a disfrutar mucho este lugar.

Gracias Elena. ¡Ah, y buen trabajo niños!

6. EL DOCTOR

Soy un doctor... un simple doctor... ¡Claro! Si es que la palabra "simple" cabe en estudiar 6 años de medicina, 5 de especialidad, congresos, actualizaciones y ejercer durante treinta más... entonces sí, soy un simple doctor. Quise ser cirujano. De pequeño se me facilitaron las artes, las manualidades. Tenía una gran destreza. No era inquieto. Por el contrario, era muy tranquilo, paciente y dedicado. Justo lo contrario a la definición de un niño. Creo que incluso desde pequeño era un "señorito". Más maduro que los niños de mi edad. Me fascinaba ver como mi abuelo pintaba sus soldaditos de plomo y yo, siempre curioso, lo preguntaba todo.

–"Y, ¿eso qué es abuelo?", le preguntaba.

–"Esa es la herida de una bayoneta y mira este es un balazo, pero no de muerte...", me contestaba. Creo que de ahí me nace el interés por la sangre. La curiosidad, mejor dicho.

Yo pasaba horas pegando y pintando fuertes de vaqueros con abatelenguas de madera y jugaba con mis Playmobil. Luego le pedía a mi madre que me llevara a la tienda de artes para comprar los más finos pinceles como los del abuelo.

–"No puedes pintar con esos, mejor te compro unos más gruesos", me decía mamá.

–"Ya podré, ya podré", le contestaba. "Cómpramelos ya".

Con esos pintaba hasta los más finos detalles en la madera del fuerte.

Más grande, empecé a pintar, puntilleando una cartulina completa hasta formar una figura que sólo podía verse a la lejanía. La ponía en el piso y comenzaba desde el centro, punto por punto. Mi mamá se sorprendía porque no había forma de que pudiera hacerlo sin subir a la azotea o a una escalera a ver que pintaba. Yo sabía lo que hacía, lo podía ver como si estuviera donde ella decía, arriba. Volando.

Mi forma de tomar el bisturí en la universidad no fue distinta.

–"Perfección, señor Fermonsel".

–"Arte, diría yo señor Decano". Restaba poner mi firma debajo para que fuera pieza de un museo. Ese diseccionar y suturar era mi obra y ese pulso perfecto me permitió obtener las mejores calificaciones y graduarme *Summa Kum Laude* de la UNAM.

Pasados los años, me decidí a ser maestro. Guiar jóvenes que quisieran estudiar la práctica, mejorarla y seguir el camino que a mi alguna vez me enamoró. Ninguno tenía el talento que yo buscaba para que fuera mi sucesor. Todos eran del montón, estudiantes de calificaciones impresionantes y con mentes privilegiadas, pero ninguno de ellos tenía "eso" que yo buscaba en un aprendiz. El que no era impaciente, era atrabancado y el que no era atrabancado, era soberbio. Ninguno tenía el fino talento, la visión artística, el delicado toque capaz de deslizar el bisturí como el suave y delicado pincel de mi abuelo sobre la superficie de un lienzo.

Un buen día di con él. A simple vista, no era más que un manojo de defectos. Era el opuesto al prototipo que buscaba: un muchacho próximo a graduarse, más bien bajito, con piernas tan flacas que dudaba pudiera estar de pie en una operación larga, más bien ñango, encorvado y descuidado. Sus lentes eran tan gruesos y pesados, que resbalaban por su nariz. Su pelo era rojo y descuidado, su piel pálida, casi gris y sus manos quijotescas no correspondían con el tamaño de su cuerpo. Me proyectó completa inseguridad y distracción, hasta que lo vi tomar el bisturí con una mágica soltura y todo él cambió. Su postura se irguió, su mirada se intensificó y su atención se entregó por completo a su tarea. El bisturí se deslizó con tal delicadeza que apenas separaba la piel a la profundidad precisa evitando incluso el sangrado. Una delicada línea rosa intensa se dibujaba detrás de su afilada lanceta del abdomen de una mujer... ¡Ah!... Fino, recto, delicado... Un corte perfecto. Como una bailarina, deslizaba sus dedos por la piel abriéndola y extirpando el apéndice. Como si nada hubiera pasado, deslizó la aguja suturando y apenas dejando una imperceptible línea como si de lápiz se tratara. Un trabajo impecable.

–"Bravo maestro", lo felicité mientras aplaudía. "Nunca había visto tal nivel de destreza, tal delicadeza y sobre todo tanta sensibilidad en un doctor. Me recuerdas mucho a mí, de joven", le dije a su espalda mientras se quitaba los guantes y se lavaba las manos.

–"Gracias", me contestó viéndome a los ojos en el reflejo frente a él en el vidrio del quirófano.

–"Quiero enseñarte todo lo que sé, todo lo que tengo, toda mi práctica, todo lo que es el milagro de la sanación", le dije. "Llevo buscándote... no sabes cuantos años. Más, muchos más de la cuenta..."

Fue cuando se giró y sorprendido, no vio a nadie.

–"No te asustes... aquí estoy, mira el reflejo..."

Él aceptó mi oferta y tuve el privilegio de enseñarle y, posteriormente de trabajar con él. Por muchos años hemos sido socios. Somos un gran equipo. Recibimos a los pacientes en su consultorio, el detrás del escritorio y yo ahí, justo al lado del doliente para percibirlo de cerca. Él platica con el paciente, y yo con el alma del paciente. No lo entenderías, aunque te lo explicara gráficamente. Luego comparamos notas, intercambiamos diagnósticos y discutimos el caso. Él desde un plano carnal y yo desde el plano espiritual. Le enseño a sentir lo que él no puede ver y así ser más preciso en su diagnóstico.

Las enfermeras creen que está un poco loco, ¡y cómo no! Su apariencia es la de un elfo perdido. Platicamos toda la operación, me dice lo que ve y le digo lo que no ve, lo que siento, dentro, muy dentro del paciente, lo que dice la luz del paciente con la que me comunico y alguna que otra que revolotea y que viene desde arriba.

- "Es como una espiral de luz, un tirabuzón blanco, que sale del ombligo del paciente y que va subiendo, muy lenta, muy juguetonamente, muy blanca, de un tono de blanco que en realidad no podría describir", me dijo alguna vez que logró ver lo que sucedía.

- "Sí, así es", le contesté. "En realidad son bucles y rizos que se entrelazan, casi siempre de color violeta y amarillo pastel. A veces de otros colores y dependiendo del color y de la forma, es el mensaje a descifrar."

A veces la luz es un destello intenso. Es el alma que pide ayuda para quedarse más tiempo. Con mucho cuidado trabajamos y nos aseguramos de que permanezca aquí. En este plano, dentro del cuerpo. Otras, la luz es un remolino blanco que haciendo los bucles y los rizos como el humo blanco de una vela que se apaga, debemos dejarla ir, desprendiéndose del cuerpo. Es momento, su tiempo se acabó.

Mientras él opera, yo me pongo en contraposición suya sosteniendo ya sea la mano del paciente o su frente, extiendo mis níveas alas y hago un contacto astral, hago contacto con sus dolencias, sus males, sus lesiones, sus malestares, sus sufrimientos. Yo soy esa luz al final del túnel que algunos pacientes alcanzan a ver y de la cual platican cuando la anestesia pierde su efecto. Finalmente platico con el operante y poco a poco, él va aprendiendo a ver con las manos lo que veo a través de mis extraños sentidos. Él contesta y las enfermeras se miran entre si asustadas –¡Jajaja!

Lo que le enseño es el contacto con el más allá, como me lo enseñaron cuando yo era joven. Una mujer a la que frecuentaba en el jardín botánico de la universidad y a la cual las plantas le hablaban. Decía que tenía más de 150 años y al tiempo de platicar con ella, se lo creí por completo. Había vivido de todo. Ella despertó mi sensibilidad. Como verás no siempre fui un ángel. Tuve la mala fortuna de estar trabajando en el Centro Médico Nacional en 1985. El 19 de septiembre estaba de guardia cuando el fatídico temblor de 8.1 grados Richter azotó a la Ciudad de México. El edificio se desplomó y una luz me llevó a un lugar donde mis recuerdos, pasados y futuros, se abrieron al máximo. La misma luz me trajo a la tierra a seguir mi camino: enseñar y sanar, pero ahora, en esta etérea forma alada.

Lo triste de mi discípulo es que su aprendizaje es lento. No tendré el tiempo suficiente para culminar mi cátedra. En su pecho tiene una luz roja y su ombligo comienza a exhalar un ligero humo blanco, como el de una vela que comienza a extinguirse. Es una pena... Era un gran talento potencial.

7. EN LA BARRA

Se me hizo tarde, no sabía si me estaría esperando aún. El restaurante no estaba lejos. Miré mi reloj, no me tomaría más de 20 minutos, tal vez 10 si corro. Sí, llegaría antes, pero, de todas maneras, con esta lluvia, llegaría tarde y empapado.

Me quité el sombrero y lo sacudí sin esperar a que se secara.

- "Está arruinado", pensé. Saqué mi pañuelo para secarme la cara y me limpié los pies en el tapete que decía "La Ópera Bar". Entré al local de 5 de mayo esquina con Filomeno Mata, eran cerca de las 11 de la noche del 31 de diciembre del 68. Odio ese maldito lugar. El *Maître* me ofreció una mesa, le dije que de hecho me estaban esperando mientras señalaba el final de la barra. El hombre se extrañó. Le di una palmada y le dije, "en la barra está bien amigo". Me acerqué a ella, tan hermosa como siempre. A lo lejos me miró señalando su muñeca con el dedo.

–"Sí, sí nena... ya lo sé... llego tarde", me dije en voz baja mientras me acercaba. Quería hacerse la molesta, pero no puede engañarme. Sin la frente arrugada que le caracteriza su enojo. No me puede engañar. Y esa mueca coqueta... le da más gusto que rabia el verme.

–"Lo siento", le dije.

–"Ya sabes cómo es esto...", los dos dijimos al mismo tiempo, yo en mi tono clásico de disculpa; ella arremedando mi voz grave. Ambos reímos.

–"Me da gusto verte, lamento las circunstancias...", le dije. Ella se limitó a sonreír. No dijo más.

Me senté a su lado y ella comenzó a jugar nerviosa con una copa de tinto a medio terminar, yo pedí un tequila.

–"Herradura blanco", le dije al cantinero. Él me miró juzgando.

–"Ya, ya... ya lo sé...", me dijo él en su tono de desaprobación mientras me servía dos tragos. Cerré el puño para reclamarle su osadía. Ella me tocó el brazo.

–"Basta...", me dijo ella. Yo solté.

La conversación comenzó como siempre.

–"¿Cuándo vas a dejar este trabajo? ¿Cuándo te vas a dar cuenta de que esta no es vida? ¿Cuándo te vas a dar cuenta de que sólo estas quemándote? ¿Cuándo te vas a dar cuenta de que sólo estás provocando un suicidio lento? Sabes cómo va a terminar esto...".

–"No, no lo sé en realidad... tampoco tengo más que hacer, se me han terminado las opciones".

Es un poco de adicción. Es un poco de amor a la mala vida. Es un poco de auto flagelo, autocastigarme; es a veces un escape, es a veces cargar una loza para sentir que limpio ciertas culpas.

Es hacer algo con mi vida mientras voy acercándome a la muerte, lentamente... día a día.

Ella tronó la boca, como lo hacía siempre que desaprobaba lo que hacía o que la decepcionaba.

–"Un día de verdad te van a matar", me dijo.

–"No nena, no tengo tan buena suerte...", le contesté. Ella solamente rió. Ya hemos tenido esta conversación tantas veces, que ya es casi una conversación mecánica. Yo digo, ella contesta. Siempre los mismos argumentos, siempre las mismas respuestas.

Me preguntó que cómo estaba.

–"Bien...", le dije en mi tono irónico. "La casa está en orden, ya sabes. La cama es enorme y fría. En el refrigerador sólo hay medio litro de leche echado a perder, recipientes con sobras de comida que ya no se ni de cuando son y una botella de whisky. La casa es obscura, la mitad de los focos no sirven, tengo que comprar más, aunque no sé para qué. La ropa está en el piso, pero ya sabes nena, el domingo recojo y lavo. Voy saliendo adelante."

Me dice que se alegra. Es una conversación llena de mentiras, pero es el preámbulo a la conversación seria, a la que nos trajo aquí. Así ha sido desde que me dejó.

–"¿Así es que trabajas tarde?", me preguntó.

–"Sí, así es... nena", le contesté... "Te extraño". De cierta forma esperaba que me dijera que ella también pero no fue así. Solamente esquivó mi mirada. Volteó al gran ventanal que estaba a mi espalda y se concretó a decirme que llovía.

–"Sí... sé que te gusta la lluvia. Siempre te gustó".

Podíamos pasar horas platicando mientras veíamos llover. Platicábamos de la familia que tendríamos, incluso del perro que nos acompañaría hasta envejecer. "Balto murió", le dije.

Para mí, por cierto, la separación fue muy dolorosa, la ausencia ha sido tortuosa. Ya son casi cinco años y no logro acostumbrarme. Siempre intenta consolarme. Me dice que esto también pasará... que son los retos de la vida. Las separaciones son lo más natural en la vida. Hay gente que puede vivir juntos toda la vida, y hay personas que no pueden vivir juntas ni un mes. A nosotros nos tocó querernos por separado... así es. La intensidad quemó nuestro idilio, nuestra llama era más bien una serie de explosiones que terminó por quemarnos. Encendí un cigarro.

–"Si tan sólo hubiera...", comencé cuando ella me detuvo.

–"Nada hubieras podido hacer", me dijo.

Y aunque siempre me lo repite, no estoy seguro de ello. Mi trabajo en la comisaría no era lo que es hoy. Los casos que se me asignaban no eran complicados ni peligrosos. Robo a vehículos, asalto casi siempre con armas blancas sin violencia y alguno que otro robo a casa habitación. Pero ese día, el Comisario Jefe, requería un apoyo. Era tarde y todos habíamos terminado el turno, me ponía mi gabardina y guardaba mis cosas en las bolsas... llaves, cartera, ya sabes. Yo era el último que quedaba.

–"¡Demonios! ¡Si tan sólo hubiera salido a tiempo...! ¡Si hubiera dicho que no...!", le dije mientras cerraba el puño y golpeaba la barra. Sin embargo, era el último que quedaba en la comisaría. Había estado llenando el último reporte en la máquina de escribir cuando me pidió que lo acompañara. Necesitaba apoyo de un policía. Era una llamada anónima denunciando a un distribuidor de drogas en la colonia Doctores. Entusiasmado por la idea de ir a un caso distinto al que siempre manejé, acepté gustoso.

La llamé por teléfono y le dije que no podría llegar a recogerla, que esta era mi oportunidad para la promoción que quería. Ella no se molestó, por el contrario. Me dijo que tomaría un taxi y que nos veríamos en la casa. Que mientras sacaría a pasear a Balto y que me dejaría la cena lista. Fue la última vez que hablé con ella...

Hasta el día que apareció en la comisaría. Entró, se acercó a mi cubículo y me susurró al oído.

–"Es él...", mientras señalaba a un tipo con uniforme de mensajero y gorra que entregaba un paquete a la secretaria. "Él es el que me llevó aquella noche...", me dijo.

Estoy soñando, pensé. Pero no era un sueño. Verdaderamente era ella, Dolores. Me levanté hecho una bestia y me dirigí a él con la mirada fija. De un golpe lo tiré al piso.

–"¿Manejas un taxi? ¿Un Valiant 66? ¿Placas ARA361?", le pregunté.

Extrañadísimo y sin entender que pasaba contestó que no... que lo había dejado hacía seis meses. Cerré el puño, miré a Dolores y comencé a golpearlo después de que ella confirmaba con su mirada que sí, que sí era él.

–"Maldito", pensé... comencé a golpearlo hasta que mis compañeros me detuvieron. Tomé mis esposas y sin cuidado lo levanté. "Estas arrestado maldito por el asesinato de Dolores Guarnido."

El hombre me miró mientras intentaba reincorporarse.

–"Pero... ¿Quién?... ¿Cómo?... ¿De qué?... ¿Cómo es que lo sabes?", gritaba.

En pocos minutos había dado la declaración de lo sucedido mientras Dolores, a mi espalda, confirmaba todo.

Desde entonces, Dolores me visita. Cuando la víctima de un feminicidio la contacta, nos vemos aquí. En la barra del bar La Ópera. Ella me deja un agitador del bar en mi escritorio. Sé que algo sucedió y que ella sabe los pormenores. Sé que es el momento en el que una de las victimas la ha contactado.

Ella dejó la copa, me tomó del brazo con fuerza y me miró a los ojos. "Tienes al esposo en la patrulla", me dijo refiriéndose al caso que estaba resolviendo esa noche.

–"Él es inocente", me dijo. "La mujer que murió estaba teniendo un romance con el cuñado y a pesar de que lo amaba nunca se divorciaría. Lleno de ira, la empujó por la ventana y huyó. Está haciendo su maleta para tomar un tren en la estación Buenavista. Lo que el marido dice es cierto. Él no fue, él la amaba. No sería capaz."

–"Me hace mucho sentido", le dije. "Gracias".

–"Balto te extraña...", me dijo Dolores. "Está aquí conmigo. Mueve la cola siempre que le platico que te vi".

–"¿Cuánto me falta?", le pregunté.

–"No lo sé. Tal vez uno tal vez 10. Tal vez mañana, tal vez 20 años... Ni yo ni nadie lo sabe", me contestó. "Más vale que te cuides. Siendo descuidado y comiendo mal, no lo apresurás. No sucederá antes, simplemente lo sufrirás más. Yo aquí te espero, pero debes rehacer tu vida. Salte de la dura vida de peligros y sufrimientos en la que estás y comienza a reír nuevamente", me dijo.

–"¿Cuándo te veré otra vez?".

–"Por desgracia cuando alguien me contacte a mi primero...", me dijo. "No hay forma de saberlo".

Me levanté, me volví a poner la gabardina mojada. Sacudí el sombrero empapado. Ambos reímos. Me tomé el segundo tequila de golpe, aventé dos monedas a la barra.

–"La señorita no bebió nada, sólo jugaba con la copa", le dije al cantinero mientras señalaba a la silla vacía. El cantinero no entendió de que hablaba; ella rió, yo también. Le guiñé el ojo como siempre hacía, guardé un beso en mi puño cerrado y se lo lancé. Ya te volveré a ver nena. Tengo que ir a arrestar a alguien.

ME LO CONTÓ LA NOCHE

8. OBSCURA NAVIDAD

Apenas logré llegar a mi cuota de ventas para regresar a casa. Exactamente como me lo dijo el Dr. Hassler Whitney. ¡Ja! Profesores universitarios. Genios y excéntricos. La buena noticia es que llegaría a casa justo para la cena de Navidad. Lisa no se lo espera, los niños menos. Este sobre esfuerzo era la diferencia entre llegar o no llegar a la cuota de ventas; entre tener o no regalos esta Navidad. La mala, tendría que manejar al menos 48 horas para poder llegar.

El trabajo de un vendedor ambulante es vivir fuera de casa sin saber cuándo regresarás. Es un trabajo solitario y sociable al mismo tiempo. En el camino uno se topa con conductores de camiones de carga, de autobuses de pasajeros, gente que vive en la carretera. Gente sin un rumbo específico... Muchos, huyendo de fantasmas que los persiguen al tiempo que tratan de borrar de sus mentes el sitio que en algún tiempo llamaron hogar.

En esos hoteles de carretera, en esos restaurantes y paraderos, en los mesones y casas de huéspedes de pueblos chicos, nos volvemos amigos y familias por algunas horas. Mostramos las fotos de la familia que traemos en la cartera y vemos fotos de los demás, de perros, casas, motocicletas, proyectos sin terminar en las cocheras e incluso, en algunas ocasiones, explicaciones inverosímiles.

- "Esta es mi familia de Jacksonville, y esta es mi familia de Cleveland. Las dos nenas son mis más grandes orgullos. Se llaman igual, para no confundirme", es común escuchar.

En ocasiones son meses sin ver a tu familia y es necesario tener otra, al menos como una escala emocional. No digo que esté bien o esté mal. No es fácil juzgar, aunque ese no es mi caso.

ME LO CONTÓ LA NOCHE

Comencé vendiendo biblias cerca de casa en San Luis Misouri en los años sesenta. Eran tiempos de fe, y el negocio era bueno. Peiné de punta a punta mi pequeño barrio y comencé a vender en barrios aledaños a gente que en realidad no conocía. La nueva generación comenzó a crecer y la fe se fue perdiendo un poco. La radio tocaba a Bob Dylan *"Like a Rolling Stone"* y el cine escandalizaba a los Estados Unidos con "El Graduado". Simon y Garfunkel cantaban en vivo *"Ms. Robinson"*. Comencé a vender enciclopedias: las mujeres compraban el sueño de crecer, de ir a la universidad, de educar a los niños, y los hombres, la idea de que sus hijos fueran más inteligentes que ellos. Ya no era la fe, si no el conocimiento lo que vendía. Poco a poco fui conociendo fabricantes nuevos y otros proveedores. Comencé a vender aspiradoras. Las ventas eran más complejas, pero de mayor ingreso. Pero en 1965 me topé con un loco que tenía el producto del siglo, el gran invento que revolucionaria la música: el *8-Track*. Tuve la oportunidad de vender los primeros aparatos, pero tendría que viajar más para conseguir mis objetivos y el dinero para llevar a casa. Mis rondas eran cada vez mas lejanas y mas largas. Una espiral que me sacó de la ciudad de San Luis, que me sacó del estado de Misouri, y que me llevó hasta Detroit, la capital del auto. Cuando me di cuenta mi oficina estaba a dos días en coche y mis días fuera de casa fueron mas que los días en casa. Llegué a conocer la costa este de los Estados Unidos como la palma de mi propia mano al tiempo que dejé de reconocer a mis hijos.

En mi paso por Princeton, conocí al Dr. Hassler Whitney, un individuo sumamente particular.

Me senté a su lado en la barra de un *dinner* por casualidad y me vio diseñar mi ruta de ventas.

—"Está mal diseñada", me dijo entrometiéndose mientras señalaba con su dedo índice mi mapa. "Whitney, profesor de matemáticas de la Universidad de Princeton". Tomó un trago de café y un bocado de su dona, se limpió las manos en su camisa y me quitó la pluma. Comenzó a escribir sobre el mantel de papel, números, ecuaciones y garabatos que yo no entendía.

—"Debe usted maximizar el número de ciudades que visita y minimizar la distancia y el tiempo. Elija las grandes y las pequeñas solamente utilícelas como paso de descanso".

—"¿Qué sabe usted de ventas?", le pregunté.

—"En realidad de ventas muy poco, pero si se de matemáticas", me dijo.

En unos momentos, estábamos revisando el mapa de los Estados Unidos y diseñando una ruta para que lograra yo llegar a casa la tarde del 24 de diciembre, con mi portafolios lleno de pedidos. Mi plan era ir en línea recta, su estrategia era ir cruzando ciudades estratégicas. Tiempo después, supe que el Dr. Whitney escribiría un caso de estudio universitario llamado "El problema del vendedor ambulante" en donde menciona nuestro encuentro, nuestra conversación y algunos de los dilemas con los que me topaba a diario. Claro, mi nombre nunca figuró en el documento.

Así es que seguí el consejo del Dr. Whitney: Princeton, Filadelfia, Pittsburgh, Cleveland, Columbus, Detroit, Indianápolis y San Luis. Mi destino final.

La ruta fue un éxito. Tripliqué mi objetivo sacrificando apenas un par de días. En una semana hice lo que hubiera hecho en tres semanas sin una estrategia bien definida como la que había estado siguiendo hasta ese momento. Estaba a escasas dos horas de casa con excelentes noticias, la cajuela llena de regalos y el reloj a mi favor. Fue cuando... me topé en la carretera con un letrero que cambiaría mi vida. Un letrero que llamó mi atención.

—"Bosque Navideño, café caliente y el mejor pay de manzana de la región".

Miré mi reloj, decidí detenerme, descansar un poco y sorprender a Lisa y a los niños con un árbol de Navidad. El sitio era magistral. Un hermoso bosque nevado. Me estacioné y entré a la pequeña cabaña.

—"¿Hola?", grité al entrar en la pequeña tienda.

Parecía que estaba vacía. Soné la campana y nadie respondió. Me asomé por el ojo de buey de la puerta de la cocina y la vi vacía. Entré anunciándome nuevamente.

—"¿Hola?". Nadie contestó. "Deben estar afuera", pensé.

Decidí adentrarme en el bosque a buscar el soñado árbol en lo que aparecía el dueño. Seguro me toparía con él. Tomé un hacha que había en el porche y un pequeño trineo para jalar el árbol de regreso. La nieve no era mucha cerca de la cabaña, pero sí que lo era y que se veía espesa más cerca del bosque.

Así es que jalé el trineo y me dirigí al bosque siguiendo los letreros que anunciaban los árboles dispuestos para cortarse. En la lejanía vi a alguien.

—"¡Hola!", le dije. Sólo levantó el brazo y me hizo una señal.

–"Es por aquí", alcancé a escuchar en el eco de las montañas. El hombre se dió la vuelta y se adentró entre los árboles.

–"¡Un momento!", grité. Él no esperó. "¡No puedo correr en esta nieve!". Simplemente señaló un pequeño sendero y lo perdí de vista. Aceleré el paso. Seguramente entré por una carretera errónea y me llevaría a la cabaña principal. Así es que continúe caminando. Me adentré en la senda y seguí sus huellas hasta que lo vi.

–"Vaya frío", le dije.

–"Sí, y aún está por bajar más la temperatura", me dijo mientras se tallaba la parte posterior del cuello.

–"Usted es el encargado, me imagino. Busco un buen árbol para casa. Algo pequeño, pero frondoso. No tengo mucho presupuesto", le dije.

Los vendedores sabemos también comprar, ¿sabes?. No quería que me viera entusiasmado para que me vendiera los mejores y los más caros.

–"Hay algo que quiero enseñarle amigo, es por acá", me dijo. "¿Cuál es su nombre?".

–"Thomas, Thomas Fitzpatrick, le contesté mientras le extendía la mano para saludarlo.

–"Carl, me contestó él sin dármela de regreso. Se giró y se apresuró a caminar delante de mí. "Hoy es el día perfecto", me dijo. "Comienza a descender la temperatura y está empezando a nevar. En pocas horas caerá una buena nevada y tapará todos los caminos. Nadie podrá entrar o salir. Probablemente hasta febrero esté todo tapado y no hubiera podido encontrar lo que viene a buscar."

–"Vaya, que buena suerte. La caseta está vacía, como si nadie hubiera estado ahí en semanas, me imagino que usted no vive ahí".

–"Mi casa está pasando aquella explanada", me explicaba mientras señalaba al horizonte. "Al lado del lago. Son sólo 30 minutos caminando", me dijo haciendo un gesto de dolor a tiempo que se tocaba el cuello nuevamente, como para tronárselo.

–"De hecho, iba hacia allá cuando lo vi llegar, iba a ver a mi familia, ¿sabe? A los niños, a mi amada esposa...".

–"Lo siento, sé que es una fecha complicada...", continuamos caminando.

–"No se preocupe amigo. De hecho, agradezco su visita", me dijo. "Mire, ese es. El pequeño que está al lado de ese enorme que tiene la gran cuerda colgada de la copa. ¿Qué le parece?".

–"Ya veo... ¡Es perfecto!", contesté entusiasmado. No pude esconder mi emoción. Esto me lo cobraría. Ni hablar, es Navidad.

Me acerqué al árbol mientras giraba para verlo de diferentes ángulos. Carl se quedó parado ahí, no me siguió, de hecho, lo perdí de vista.

–"Debe haber ido a buscar otro por si no me gustaba éste", pensé. Sin embargo, no dejaba de admirar la enorme copa de aquel pino. Era enorme. La cuerda se tambaleaba con el viento, pensé que incluso podría golpearme. Continué caminando y algo llamó mi atención. Un casco amarillo de construcción semi enterrado. Lo levanté y le quité la nieve. En su interior alcancé a leer Carl Johnson.

–"¡Hey Carl, encontré tu casco!", grité mientras volteaba esperando que saliera de la arboleada que acabábamos de pasar.

–"¡Hey! ¿Carl?", volví a gritar. Pero algo llamó mi atención. Así es que con los pies comencé a apartar la nieve. Mi asombro aceleró mi corazón. Me arrodillé y comencé a quitar la nieve de encima como perro desenterrando un hueso.

–"¡Carl, Carl! ¡Ven!", grité sin recibir respuesta hasta que se descubrió algo... más bien... alguien. Una camisa a cuadros de lana... idéntica a la de mi guía anfitrión. Logré desenterrarlo. La sorpresa. Lo que en realidad venía a buscar no era un árbol, si no el cuerpo de Carl. Él mismo me guió a donde yacía."

–"Vaya nivel de testarudo que eres Carl", exclamé viendo al cielo.

Helado literalmente y lleno de nieve lo saqué. Seguramente estaría colgado del gran pino y en un descuido, cayó. Su muerte debió haber sido instantánea: el cuello.

–"Ya te encontré amigo... ya estás bien, ya podrás descansar...", le dije mientras jalaba el pesado cuerpo por la nieve y lo subía al trineo. Sus indicaciones para llegar a su casa eran claras. Me tomaría probablemente 40 minutos jalando el pesado trineo. Tal vez llegue a casa tarde y sin un árbol, pero al menos pasaré Navidad con mi familia, igual que Carl. Todos merecemos estar en casa para Navidad.

ME LO CONTÓ LA NOCHE

9. HISTORIAS DE UN TANATÓLOGO

"Doctor, su paciente ha llegado", me dijo la enfermera. "¿Lo hago pasar?".

–"En un momento... que me espere por favor", contesté.

Tomé su expediente y lo revisé nuevamente. Un accidente de moto en este caso. Él, mi paciente, estuvo varias semanas en coma; ella, murió en el hospital, días después del accidente.

Pero algo sigue llamando mi atención. Este caso es distinto, esto no es normal. Incluso para mí. Él dice que ella lo visitaba en el hospital junto con muchos niños, platicaban por horas. Posteriormente se enteró que había muerto, sin embargo, continuó visitándolo hasta que un día, simplemente, dejo de hacerlo. No sabe cómo confrontar haberla perdido dos veces. Ahora se refugia en el trabajo, pero en el fondo sigue esperando su regreso.

Me dedico a tratar gente que lidia con la muerte de una u otra forma, en lo personal o con alguien cercano. Soy un tanatólogo. Trato de ayudarles a encontrar el sentido al proceso de la muerte, a sobrellevar el dolor. La muerte se expresa, en ocasiones de forma inexplicable, en cuatro dimensiones: como ser biológico, desde el punto psicológico, desde el social y por supuesto el espiritual. No en todas las dimensiones se acepta la muerte de la misma forma y al mismo tiempo. Sin embargo, la más complicada, creo yo, es la trascendencia, la espiritualidad. Hay gente que ve la vida como un trámite para llegar al otro lado, pero sin querer que la muerte suceda. Hay otros que no tienen una idea de trascendencia espiritual, por lo que morir es acabar.

Alguna vez me tocó tratar a una niña que le pintaba las uñas a su abuela recién muerta. No está mal, son procesos, son mecanismos de aceptación, son pasos de aceptación. La ponía guapa para su cita con Dios.

Me costó trabajo, pero lo primero que logré entender es que la muerte es muy compleja... para los demás, por supuesto. Durante años, la única forma de saber más sobre la muerte fue preguntando a los pacientes terminales. Me acerqué y los estudié. Eran mis objetos de estudio, algo como conejillos de indias, como cajas de Petri... como portaobjetos de laboratorio.

Bueno, nosotros les llamábamos "maestros", por ponerlo en un lenguaje más romántico y poético, sobre todo tratando de darles un lugar en la investigación. En realidad, no los tratábamos, más bien nos enseñaban. Buscábamos el lado científico de la trascendencia, pero nunca tuvo sentido la investigación. Por más que los observamos y los analizábamos, las conclusiones eran inconclusas. Nada sobre la trascendencia. Intenté sentir lo que ellos sienten sin tener éxito.

Por mucho que los investigadores nos acerquemos a la muerte, nunca dejamos de verla detrás de un cristal sin poder tocarla, desde lejos, sin poder sentirla en realidad. "Al final, sólo podremos verla el día que nos toque morir", concluyó mi análisis. No puede investigarse a fondo, ni siquiera con un pacto con la muerte... como el que tengo yo.

—"Doctor, ¿puede hacer que despierte?", me preguntó alguna vez la madre de un paciente en coma.

Es difícil explicar que a pesar de que el respirador se mueva, de que el electrocardiograma muestre pulso cardiaco, de que el paciente ingiera y defeque, él ya no está ahí.

—"Señora, es momento de prepararse y de enojarse", le dije. "Señora, entienda. No puede despertar porque no hay nadie ahí dentro". Enojarse es la segunda etapa en el proceso del duelo. Han sido meses de negación. "La muerte se lo llevó, incluso antes de que yo llegara a atenderlos". Tomé unas pinzas y extraje de sus fosas nasales un gusano, lo metí en un frasco y se lo mostré. "Se fue, hace tiempo", terminé.

—"Dígale, Doctor, que no es posible que vea a su padre", me dijo una mujer en alguna ocasión. Meses atrás, un hombre había muerto dejando una madre viuda y dos hijos huérfanos. Así es que me senté con el crío emocionado para oír su historia. Me contó que en más de una ocasión lo había visto rondar la escuela, pero no sabía porque no iba a recogerlo. Incluso, porque no se acercaba a saludarlo. Porque todos decían que estaba muerto. Estaba seguro que lo había visto.

Me interesé por el caso, por supuesto. Indagué de mil formas la veracidad de su historia. Como iba vestido, donde lo había visto, que estaba haciendo. Si en realidad lo reconocía. Me decepcioné al concluir el diagnóstico: para mi desgracia y también para la suya, su padre no había venido a visitarlo del más allá. La criatura estaba expresando negación. "Si tan sólo me hubiera despedido de él", llegamos a concluir en una sesión. Y es que eso pasa cuando alguien sufre un infarto fulminante. La realidad se desgarra y es muy difícil volverla a suturar. Al menos en una enfermedad larga, hay tiempo para prepararse. Es muy complicado hacerle frente a la muerte espontánea cuando sorprende de esa manera. Para un chiquillo es muy complicado manejarlo.

Pero en realidad no son ellos, mis pacientes, a quienes busco ayudar. Por muy egoísta que suene, busco ayudarme a mi mismo. Ayudándolos a ellos, me ayudo a mi mismo. Me acerco poco a poco, paso a paso, centímetro a centímetro a mi raptor, a la muerte. Me acerco más, poco a poco a ese casi imperceptible filamento que divide la vida y la muerte y que nadie ha logrado ponerle nombre.

Desde chico tenía la capacidad de ver... de ver la muerte. No es un ser con una túnica negra y una hoz como la representan. No es una calavera. Es... no sé... es tristeza. No se puede ver, no se puede tocar, no se puede fotografiar por supuesto. No podría dibujarla. Cuando la muerte entra a un cuarto de hospital, donde un paciente moribundo está por abandonar su cuerpo, todo se vuelve triste. Las cosas se vuelven tristes, y sin poder explicarlo bien. Las flores pierden su color sin morir o marchitarse. La habitación pierde sus colores y todo pierde su brillo, se vuelve casi gris. Colores mates, opacos, sin esplendor. La luz se vuelve más tenue y la gente que está ahí, pierde su energía, es como si la misma muerte robara un poco de todo lo que hay para nutrirse y extraer del cuerpo sus últimas gotas de vida. Todo vuelve a la normalidad cuando la muerte termina su cometido y se lleva lo que ha venido a buscar. La muerte es opacidad, en los colores y en el alma, por supuesto.

ME LO CONTÓ LA NOCHE

La primera vez que lo presencié fue escalofriante. Mi madre me pidió que dejara de decir tonterías cuando intenté explicarle lo que acababa de presenciar. Levantó el brazo como si me fuera a golpear y apretó la mandíbula. Se detuvo justo en el momento preciso para no golpearme. Primero, cuando murió mi perro Fidel. El parque, perdió su verde intenso para tornarse en un verde seco, casi ocre. El cielo perdió su brillo y se volvió azul gris opaco, los árboles movieron sus ramas que apuntaban al cielo y las dejaron caer por unos instantes como si estuvieran cansados de tanto apuntar al sol, como el hombre derrotado que baja sus hombros y deja caer su cabeza vencido. El viento dejó de soplar y un silencio ensordecedor lo invadió todo, ese silencio que molesta los oídos. Fidel se desplomó, la tierra absorbió su último suspiro de tristeza que, como ondas en un lago al caer una piedra, se extendían hasta perderse en el horizonte. Fidel abandonó su cuerpo. Por supuesto que me asusté.

La segunda vez, algunas semanas más tarde desperté a mi madre a las tres de la mañana.

–"Mamá... la abuela va a abandonar su cuerpo", le dije mientras me tallaba los ojitos.

–"¿De que hablas? Ven, es una pesadilla. Ven a la cama con nosotros", me dijo mientras hacía espacio y levantaba las sabanas para que me metiera.

–"El aire está triste... es la abuela, mamá", le dije.

Me quedé ahí, parado unos segundos mientras mamá me esperaba con las sabanas abiertas. Mamá seguía más dormida que despierta.

El teléfono sonó y mamá salió disparada.

–"¿Si?... ¡Qué!... ¡No me digas...!", la escuche decir. "Voy para allá".

Mamá regresó al cuarto y despertó a papá.

–"La abuela murió".

Nadie me preguntó nada. Toda esa escena se ignoró en la familia, como si nunca hubiera sucedido. Sólo puedo decir que simplemente lo vi. Vi la tristeza.

Con el tiempo, aprendí a no abrir la boca porque, me regañaban insistiendo que inventaba historias. Mamá me decía que era falso, que nadie podía ver la muerte. Que lo de esa noche fue un sueño, que no dije lo que dije. Al principio me lo creí. Pero no puedes convencer a un perro para que deje de ladrar, mi naturaleza era esa a pesar de que intenté creerle. Vaya que lo intenté. Con el tiempo me di cuenta de que era imposible negar esa maldición que tenía encima. Odio este don ¿Por qué no podría cantar bien o tener la facilidad para el ajedrez?

Irónicamente estudié medicina intentando acercarme a la muerte. Conocerla. El plan era alejarle a quien ella viniera a buscar, curándolo. De alguna forma pensé que la podría hacer enfurecer y que me reclamaría de alguna forma. Pensé que se acercaría a mí si la sacaba de sus casillas, y entonces, podría hablar con ella. Sin embargo, no sucedió.

El caso más común es el paciente terminal, el que tras darse cuenta de que sus días están contados, se encuentra en depresión y finalmente acepta que se irá. Él ya no es el problema, pero su preocupación es su familia, como los dejará y el dolor que les dejará.

- "El dolor de ellos no lo puede minimizar usted", le dije a un hombre. "Usted no es responsable del dolor de su familia, usted es responsable de su dolor y parece que ya lo hemos resuelto". El siguiente paso es hablar, reír, disfrutar y partir. No hay otra fórmula.

En mi interminable búsqueda por entender mi maldición continué con mis estudios. Primero estudié medicina, luego psicología y después tanatología. Ya no era opción hacer otra cosa, era mi destino y mi obsesión. Seguir el camino de la muerte más y más a profundidad. Logré entender mejor los mensajes y las premoniciones de su presencia. Me he metido tanto, que incluso he aislado mi capacidad de percibir el dolor de mis pacientes. ¡Ja!... creo que ese era el principal sentido de la tanatología, tal vez mitigar el dolor o prepararlos para lo que suceda, pero no puedo más que acercarme a estudiar fríamente el fenómeno del instante en el que el alma abandona el cuerpo. No sé... así soy, estoy descompuesto.

Así es que busqué gente que pudiera ver la muerte como la veía yo. ¡No podía ser el único en el mundo que la viera! Comencé a buscar adoradores de la muerte, cofradías y clubs de lo obscuro. Pensé que serían personas que ven lo que yo veo. Vaya sorpresa, sólo fanáticos del negro. En mi desesperación llevé mi investigación a funerarias y morgues buscando la muerte, pero ahí no está. Está en los hospitales y hospicios, donde enfermos terminales van a morir y vi sitios completamente ausentes de color, la tristeza personificada, pero nadie más... nadie como yo.

Viajé a Varanasi, India. La gente va a Varanasi con la intención de morir. La ciudad donde tener el deseo de morir es positivo. Los hindúes llevan a cabo ceremonias en la sagrada ciudad para lograr la liberación de *Moksha*, liberar el espíritu para reencarnar. En la tradición hindú, morir en Varanasi es ir directamente al Nirvana, en vez de reencarnar otra vez. Vi lo mismo, opacidad, pero sin toparme con él, ni con el Señor de la Muerte ni con personas como yo. En los años setenta estuve en Etiopía y en Mozambique, en los años ochenta en Irán. Trabajé como médico en sitios donde la muerte es más común incluso que la vida. Ahí, la vida es casualidad, la muerte es certera y común. Llegué incluso a olvidar como eran los colores, porque en esos sitios la muerte está en todos lados, todo el tiempo y el color, para mí, casi no existe. Busqué la muerte, la perseguí como quien persigue al que le han robado un tesoro. Nunca la alcancé.

Finalmente encontré a un grupo de gente como yo, gente "tocada por la muerte", pero nadie la veía como yo. Todos tenían una perspectiva distinta, un toque distinto, un don distinto. Todos percibíamos la muerte de forma distinta, llegamos a concluir. Había quien la escuchaba, otro la sentía. Había quien la soñaba o quien sentía una brisa helada y quien sentía el esquelético dedo de la muerte rosar su espinazo. Había alguien que la describía con un putrefacto olor. Cada quien la percibía de forma distinta. Éramos un grupo de fenómenos ligados a la muerte. La muerte nos había hecho distintos para percibirla, pero sin que pudiéramos describirlo y compararlo, ni siquiera entre nosotros. Conocía a alguien más que como yo, podía verla. Bueno distinto, por contrario, veía felicidad cuando la muerte llegaba... vaya... que envidia. No es la muerte, son mis malditos ojos, como la ven, como interpretan su presencia.

–"Si, habemos quienes tenemos contacto con la muerte de una u otra forma, pero nada podemos hacer para detenerla", me explicaron. "No hay forma de interceder. No hay nada que hacer por convencerla para que no llegue".

El picaporte de la puerta de ni oficina comienza a girar. Es raro, la enfermera sabe que no debe entrar sin tocar o sin avisarme por el teléfono. La puerta se abre lentamente, dejo mis lentes para leer sobre mi escritorio, dejo el expediente del paciente. Me toco el pecho al tiempo que los colores en mi oficina comienzan a desvanecerse. Todos los colores comienzan a vestirse de mate. El color se va... Por supuesto, sonrío mientras siento una intensa punzada en el pecho.

–"¡Vaya! ¡Que gusto! Desde hace cuánto te estoy esperando. Ojalá pudieras sentarte y darme unos minutos. Hay muchas cosas de las que tenemos que hablar. Tantas, tantas preguntas", le dije mientras un triste e infausto vacío entra invadiendo la oficina. La sombra acepta y se posa sobre la silla delante de mi escritorio. Todo se tiñó de gris, la luz comenzó a descender como una densa niebla y comenzó a escurrirse por debajo de la puerta.

La sombra me dijo:

–"Es hora de irnos, pero hay tiempo. ¿De qué quieres hablar?".

ME LO CONTÓ LA NOCHE

10. EL SOÑADOR

Soy lo que la gente llama un noctámbulo. Duermo poco, me acuesto tarde, me levanto temprano. Así soy y siempre lo he sido. A veces prefiero vivir cansado que cerrar los ojos y descansar. De niño, mamá me arropaba temprano, a las 8 de la noche y por más que quería cerrar los ojos, fuerte, fuerte, fuerte, nunca podía dormir pronto. Mi hermano dormía en la cama de al lado y siempre nos quedábamos platicando, hasta tarde... muy tarde. Entonces mamá gritaba "¡ya duérmanse!". Por supuesto seguíamos hablando bajito, apenas susurrando, según nosotros, para que mamá no nos escuchara. Se que nos oía, aunque probablemente ella se dormía antes que nosotros.

Aun así, mi hermano se quedaba dormido y nuevamente me quedaba solo. Yo comenzaba a rezar y a hablar con mi ángel de la guarda esperando que estuviera ahí conmigo, que no se fuera muy lejos, que no me abandonara como dice la oración. Intentaba no dormirme, hasta que el cansancio no me dejaba y entonces sucedía. Me iba. Comenzaba a soñar.

No tengo que explicar sobre qué soñaba: la escuela, los amigos. Sobre calles vacías en las que deambulaba solo; en la fiesta de cumpleaños que no había tenido o el viaje que haríamos en unas semanas y que me entusiasmaba mucho. Soñaba las posibilidades y las fantasías de ese viaje. Pero también soñaba otras cosas… Lo que todo mundo cree que sueña y que no es más que un paso hacia otro mundo. Esos sueños que tienes, bueno, pues te voy a contar.

Los sueños de obscuridad, lo que todo mundo llama pesadillas, eran para mi sumamente reales y recurrentes. Claro que tenían que ver con el Saturno de Goya que estaba en la contraportada de un libro que se encontraba en el librero de mi cuarto. Soñaba con ese y con otros monstruos. Recuerdo el interminable desfile de cangrejos que salía de abajo de mi cama y que me hizo correr a la cama con mamá y papá. Recuerdo los ruidos en la sala y el monstruo que vivía en las interminables escaleras que bajaban hacia la puerta que daba a la calle. Recuerdo los seres obscuros que se escondían debajo de la mesa del comedor cuando a las dos o tres de la madrugada debía ir al baño o a tomar agua. Pero había unos muy particulares. Esos sueños que no son sueños.

Comenzaban con volar, subir al cielo y sobrepasar las montañas, incluso las nubes y cruzar ese sitio en donde el viento es frío y punza como agujas. Subía aún más y me desplazaba al sitio donde la noche es eterna, donde todo es obscuridad y la claridad son sólo las estrellas. Me sumergía en la completa obscuridad de no ver nada más. Ahí se encontraban seres de todo tipo. Luminosos espectros que me ofrecían su mano para caminar. Otros más bien obscuros y vaporosos que me invitaban al más allá. Que decían sin decir poniendo pensamientos en mi cabeza sin permiso. Jugaban con mi mente y hacían que el miedo se incrementara.

De repente despertaba sudando con un sobresalto y salía corriendo nuevamente al único sitio seguro de la casa: la cama de mamá. Por supuesto siempre aparecía en mi cama nuevamente al día siguiente. Así era mi vida. Era un ir y venir entre el mundo de los sueños inquietos y, el mundo real. Por eso quería estar el menor tiempo posible en ese mundo, porque, aunque todo mundo dice "ojalá que conquistes tus sueños", esa frase no me cuadraba a mí. Yo no quería que mis sueños se convirtieran en realidad.

Una noche me topé con un ser extraño de colores brillantes y ojos penetrantes, rojos como el fondo de un volcán, obscuro como el inframundo. Me tomó de la mano y me llevó a pasear por sitios inimaginables. Los recuerdo perfectamente, aunque difícilmente puedo describirlos. Recuerdo, a diferencia de otros sueños, un calor intenso.

Lo último que recuerdo fue el regresar... era momento de despertar y todo comenzó a desvanecerse en el mundo de los sueños como siempre... Normal, hasta que la barrera, ese velo invisible que divide ambos mundos se volvió espeso, impenetrable... Una barrera que no pude cruzar. La frontera entre ambos mundos se convirtió en un diafragma flexible pero duro, irrompible que no pude cruzar... y, desde entonces, estoy aquí. Vivo de este lado. Invitándote a mi mundo cuando duermes. Seduciéndote con el cansancio. Soñando junto contigo. Tomándote de la mano cuando duermes y llevándote a pasear de este lado. Creando fantasías hermosas para invitarte a que quieras dormir, aunque en realidad mi objetivo es crear obscuros sueños que tu llamarás pesadillas cuando despiertes. Sueños en los que todo puede suceder, todo puede cambiar, todo puede romperse y sobre todo... asustar. De eso me alimento, de eso vivo, de tu miedo. Yo soy el que trae de tu subconsciente los más terribles miedos y los convierte en realidad, al menos engañando a tu mente. Soy el que teje mundos en los que no quieres vivir y de los que quieres escapar. Soy el que hace que intentes gritar y que la voz no te salga incrementando tu desesperación. Soy el que te persigue en tus sueños, soy el que hace que no puedas correr en tus sueños cuando quieres huir. Soy el otro lado del espejo cuando no ves tu reflejo. Soy el que crea esas criaturas de obscuridad que atormentan tus sueños. Soy el amo y señor de las pesadillas.

Espero un día poder hacer que te quedes aquí conmigo porque... ¿sabes? A pesar de que quiero salir de aquí, preferiría no estar solo y tener compañía en lo que encuentro la salida...

ME LO CONTÓ LA NOCHE

11. EL FANTASMA DE LA GUERRA

"Valió la pena papá", me dijo.
–"No estoy seguro", le contesté al féretro mientras lo abrazaba y mis lágrimas caían sobre él. "Estarías aquí... no valió la pena...", insistí.

Quiso, tanto convencerme, como explicarme de que ciertas cosas son como son y simplemente no se pueden cambiar. El rumbo se puede torcer, se puede desviar pero no cambiar. Al final, el río siempre llega al mar. El curso de la vida se puede mover pero el destino, no se puede cambiar.

Fue una adolescente rebelde. Desde pequeña se interesó por la política y sobre todo, por los derechos humanos. Defendió animales a sus escasos cinco años... Sin que nadie se lo enseñara. Es como si ya trajera el casete pregrabado. El chip programado como dirían sus amigos. Recogía pájaros heridos o perros abandonados, los traía a casa y me preguntaba como curarlos. Yo no podía hacer otra cosa más que alentar esa intuición que la movía. Odiaba sus animales, pero amaba su corazón. La casa era un zoológico, una casa hogar de mascotas.

- "Cuando esté bien, lo colocaré en casa de alguien", decía un poco más grande cuando logró entender mi ambivalente postura, molestia por el olor y admiración por su corazón. Nunca lo hacía, siempre se quedaban en casa. Eran bocas que alimentar y parte de la familia. Al final, una carga fácil de sobrellevar. Creíamos que era un buen ejercicio para su pequeño mundo.

Tenía 6 años cuando liberó de una tienda de mascotas a todos los animales. Su madre, los empleados y yo corrimos por todos lados mientras ella gritaba "¡Libertad para los animales!" ¡Ja! Hoy me río, pero no fue nada gracioso.

ME LO CONTÓ LA NOCHE

-"¡Corran! ¡Son libres!", gritaba encima de los bultos de comida para perro. Logramos atrapar algunos cuyos y conejos, a un periquito distraído que no sabía qué hacer con tanto espacio libre, pero muchos en efecto, huyeron. La escena nos costó bastante dinero y fuimos vetados de la tienda. Pero al final, nos dio una lección.

A los 16 años recaudó firmas en favor de los derechos de indígenas marginados y recolectó dos tráileres de ayuda en alimento y ropa para un desastre en la sierra. Más tarde convenció a su tío, un abogado de renombre, a apoyar el uso del Náhuatl y otras lenguas indígenas para asegurar que no murieran. Era muy buena hablando; convenciendo; negociando.

Fue primer lugar en clase de debate en la escuela, no sé cuántas, más de una vez por supuesto... más de diez veces. En el club de oratoria, se llevaba todos los aplausos. Discursos sobre los derechos de los animales que se transformaron a disertaciones sobre derecho de los niños conforme fue creciendo y madurando. Sus ojos obscuros mostraban al mismo tiempo certeza y ternura mientras estaba en el escenario. Los jueces podían verlo. Alguna vez vi a uno de ellos, a uno de sus profesores, limpiarse las lágrimas, y es que sus alegatos eran fuertes, contundentes y emocionales.

Me levanté, me limpié las lágrimas y sobé cariñosamente la caja mientras repetía una y otra vez: "Sí... lo sé...", intentando convencerme. "Hiciste bien..."

Decidió estudiar derecho, en la mejor escuela del país. Sus notas sobraban para entrar y para conseguir una beca. No quería ser una carga económica para nosotros a pesar de que nunca lo fue. Sus notas fueron casi perfectas, muy superiores a las mías de estudiante... ¡Ja! No lo sacó de mí, bueno, no hubiera podido, en realidad. Se involucró con organizaciones en favor de los derechos de los niños como becaria. Defendía lo que a nadie parecía interesarle. Visitaba orfanatos y bajo puentes donde vivían niños de la calle, niños abandonados, niños sin suerte.

- "Ten cuidado", insistíamos cuando iba por ahí.

- "No es gente mala, solamente gente invisible", me contestaba. "Además voy con Marco". Marco era un amigo suyo. Torpe como él solo, y enorme como una barricada, pero con un corazón, también, igual de grande. Yo me quedaba tranquilo, su madre no.

Trabajó como becaria en UNICEF hasta el día que el organismo de la ONU se le hizo chico. El mundo se le hizo chico, en realidad. Creó su propia ONG con diversos programas. Intentó defender a los niños desde el Senado teniendo poco éxito. Se dio cuenta de que los discursos no son suficientes, que las palabras a veces no tienen la fuerza suficiente como los intereses de los monstruos. Se frustró y buscó otro camino defendiendo niños desplazados en diferentes países. Perseguidos por el hambre, por la violencia y sobre todo, por la guerra. Niños que se quedaron sin patria... como ella. Se convirtió en una rebelde, tuvo que hacerlo, alejándose de la niña tierna y justa que fue cuando llegó a casa.

- "No repitas eso papá... no fue así", escuché su voz.

Poco a poco se fue metiendo más y más en organizaciones globales. A los 24, ya graduada, estaba en una lancha intentando detener barcos balleneros. Poco a poco se fue acercando más y más a los peligros del mundo, intentando detener los problemas gordos de verdad.

Y es que la adoptamos con todo el amor y todo el cariño sin saber hasta donde llegaría. Sin saberlo y sin planearlo, todo eso se lo enseñamos nosotros, y nunca nos dimos cuenta.

- "¿Ya ves papá?", me contestó.
- "Tienes razón", asentí calmándome mientras acariciaba el féretro.

Se enlistó en un programa de ayuda a niños desplazados y... tomó un vuelo largo. Quisimos detenerla, pero no pudimos. En una protesta, defendiendo a un grupo de niños en un campo de desplazados, las fuerza armadas se salieron de control y dispararon contra la población civil.

La adoptamos intentando aportar un granito de arena, intentando cambiar el curso de la historia, de la guerra. Intentamos, con una acción, enderezar algo el absurdo rumbo que tomó la humanidad. Intentamos dar una segunda oportunidad a quien tuvo una primera oportuniad truncada. Nunca supimos, nunca logramos entender, saber, anticipar que lo que está escrito, escrito está. Para que no muriera en Siria, la adoptamos. Para que no muriera allá, la trajimos y mira. Terminó muriendo allá. El destino está escrito para algunos.

Solamente logramos retrasar su destino, ponerlo en pausa unos años a que su razón de ser se completara. Su trabajo sirvió, su destino se aplazó unos años y su legado se escribió en la historia como la Ley Azima, porque eso significa Azima: noble y digna.

Rodrigo Llop

12. 9-1-1

"911 ¿Cuál es su emergencia?", le pregunté.

No era más que una noche normal, cotidiana, igual que todas las noches de guardia del mes. Claro, para mí. Para quienes llaman, siempre es una noche extraña, distinta y llena de peligro.

–"Alguien se metió a mi casa", me dijo susurrando. "Llueve mucho, pero los puedo escuchar abajo, en la sala... son al menos tres personas".

Traté de calmarla. Era una mujer. Mary, me dijo que se llamaba. Estaba sola, al paecer su esposo había salido en un viaje de negocios. Le pedí que no se preocupara, que enviaríamos ayuda de inmediato. Me quedé platicando con ella para tratar de calmarla. Estaba sumamente alterada.

–"Mary, ¿hay alguien más con usted en la casa? ¿Niños? ¿Otro adulto en otra parte de la casa?", le pregunté buscando información adicional. Me contestó que no. Que llevaba ya algunas semanas sola, ahí. Le pedí más datos para despachar apoyo policiaco lo antes posible, por lo que me dio dirección, señas particulares del barrio, de la calle y por supuesto, de la casa. Al parecer era un sitio alejado. Una casa que se encontraba sola a las afueras del condado. Una enorme propiedad rodeada por una barda y rejas. Las describió como descuidada.

–"Encontrará un camino de grava como de 500 metros que comunica la carretera con la casa. Es un camino coronado de encinos que dan hasta el portón de la casa", me dijo.

–"Todo va a salir bien", le dije mientras me comunicaba con una patrulla. Si en efecto había alguien en su casa, esta no sería un a llamada de rutina, por lo que me quité el saco y lo colgue detrás de la silla aflojándome el nudo de

59

la corbata.

–"Será una llamada larga", pensé. No había patrullas cerca, por lo que el apoyo vendría de lejos. Tardaría más de 20 largos minutos en llegar. Mientras tanto, mi trabajo era calmarla y asegurarme de que estuviera resguardada. Que no se pusiera en peligro y que no hiciera ninguna tontería. El mayor peligro de estas llamadas es la desesperación. Mientras más nerviosismo existe, más se expone la víctima.

–"Todo está obscuro", me dijo susurrando. "Cortaron la luz".

–"No te preocupes, conoces la casa perfectamente bien. Tú tienes la ventaja sobre ellos. Intenta calmarte", continué sin estar del todo convencido.

–"Mary, lo que necesitamos es te quedes encerrada en donde estás. ¿Puedes poner llave a la puerta de tu habitación?", le pregunté al tiempo que ella me contestaba que sí. "Bien pues hazlo, la ayuda ya va en camino".

Logré escuchar como la llave daba vuelta lentamente para evitar hacer ruido, aunque si yo lo esuché, ellos pudieron haberlo escuchado.

Le pedí que buscara y tuviera listo algo para bloquear la puerta.

–"¿El librero?", me preguntó.

–"No, no, no... Eso hará demasiado ruido. Busca algo pequeño. Una especie de cuña que puedas meter debajo de la puerta. Algo que la atore". Lo que quería era darle un plan de escape. Darle algunos segundos de ventaja en caso de que, Dios no lo quiera, ellos lleguen a esa puerta. Sin dejar el teléfono, caminó por la habitación, encontró un palo de escoba, el cual dejó atorado debajo de la puerta.

–"Ya está", me dijo. Lloraba y se limpiaba la nariz constantemente.

–"Bien, ahora necesito que guardes silencio", le dije. "Es importante que guardes silencio en todo momento y que hables lo menos posible. Sólo cuando sea verdaderamente necesario o cuando yo te lo pida. La ayuda ya va en camino."

Sin embargo, siguió hablando. El miedo y el nerviosismo bloquea nuestra capacidad de racionalizar instrucciones. Y no la juzgo. Las personas que están en esas situaciones pueden comportarse así. Es aterrador sentirse vulnerado de esa manera. Sólo esperaba que la patrulla estuviera ahí lo antes posible. Seguí platicando con ella.

–"Cuéntame Mary... ¿Cómo se llama tu esposo?", le pregunté intentando distraerla. Susurrando me dijo que James. Sus padres le habían heredado la casa, era la tercera generación de Gladwell que habitaban esa enorme casa. Por lo que me describía ahora, podía entender que era más una mansión. Eso explica la irrupción. Aunque sería muy probable que no la encuentren considerando el número de habitaciones de la enorme residencia. Mary se encontraba en el tercer piso, en la habitación principal. Le pedí que me describiera la casa para intentar hacer un plano para poder guiar a los oficiales en el laberinto obscuro.

–"En dado caso, Mary, que escuches ruidos cerca de donde estás, quiero que te encierres en el baño. Ese será nuestro plan de contingencia". Me explicó que entre la habitación y el baño, estaba el vestidor. Ahí había una puerta adicional.

–"Bien, esas dos puertas nos servirán de exclusas para resguardarte. Así tendrás más tiempo en caso de que se acerquen". Continuó describiendo la casa. El baño tenía una pequeña ventana que daba a la azotea. Esa azotea daba a una ventana del ático. Pensé que podría ser una salida adicional, pero la corniza parecía ser demasiado pequeña. La lluvia podía hacer que el escape fuera más peligroso que los mismos intrusos. Espero que no tengamos que utilizarla.

–"No recuerdo si esa ventana del ático tiene candado o no. Tal vez los padres de James lo quitaron en algún momento, pero no lo recuerdo", me dijo.

–"No te preocupes Mary. Cruzaremos ese puente cuando tengamos que hacerlo. La policía está cerca", le dije intentando calmarla. Le expliqué que acababan de pasar por la tienda y por la gasolinería de un tal Viejo Bob. Ella me dijo que estarían entonces en 5 minutos. Con la intención de distraerla, le pedí que se asomara por la ventana, que intentara buscar las luces de la patrulla en el horizonte, que seguramente los vería y escucharía llegar.

–"¿Los ves? ¿Los ves llegar?", le pregunté.

–"No, pero escucho ruidos en la escalera", me dijo. Al parecer la madera crujía como si el estómago de la casa tuviera hambre. Comenzaba a ver luces de las linternas debajo de la puerta y las sombras andando por el pasillo.

–"¡Dios! Que aguante un minuto más", pensé. "Falta poco, Mary. Falta poco", le dije. Le pedí que aguntara y que estuviera lista para meterse al baño, cuando escuché el sonido de las patrullas por el teléfono de Mary.

ME LO CONTÓ LA NOCHE

–"¡Ahí están, Ahí están!", grité emocionado. Mary me dijo que los escuchaba. Se puso contenta.

–"No me dejes Mary. No cuelgues. Voy a hablar con los oficiales."

Me comuniqué con ellos por radio. Los policías me explicaron que la casa era grande y vieja, muy vieja. Describieron una casa justo como la que Mary detalló. Les dije que entraran y que subieran las escaleras del centro y que giraran a la derecha en el pasillo del tercer piso, en la habitación de en medio, se encontraba ella, la habitación principal.

Encontraron el enorme portón abierto. En efecto, la casa estaba sin luz y con los sellos violados, me reportaron.

–"¿Sellos?", le pregunté al oficial.

–"Sellos. La casa tiene unos sellos que dicen «escena del crimen»", contestó.

Dejé el radio y tomé el teléfono.

–"¡Mary! ¡Mary! ¿Sigues ahí?", le pregunté. Me dijo que si, mucho más tranquila. Me dijo que ya escuchaba a la policía y que había visto por la ventana salir a tres sombras que habían brincado la barda y que habían escapado.

–"Muchas gracias", me dijo tranquila y reconfortada. Escuché que giró la llave de la puerta. Los oficiales la escucharon. ¡Yo la escuché! Ellos subieron por las escaleras siguiendo mis instrucciones y un escalofriante sollozo retumbó por el teléfono y por el radio de los oficiales.

–"No hay nadie en esta casa", me dijo el oficial Cooper.

–"Debe estar escondida. Estaba verdaderamente aterrada por las personas que entraron", les dije mientras llamaba a Mary por el teléfono.

–"No me entiende... No hay nadie en esta casa... Está abandonada. No hay forma de que alguien viviera aquí, o de que alguien llamara desde esta habitación", me dijo el oficial. "El teléfono de la habitación está desconectado, el cable está cortado, la casa no tiene fusibles. Todo tiene polvo y las ventanas están tapiadas con madera.

Hicimos una llamada a la central. Al parecer la casa pertenece a los Gladwell, en efecto. Mary y James Gladwell. Ambos desaparecieron hacía 50 años y nunca más se supo de ellos.

Los intrusos fueron detenidos. Tres niños que jugaban a investigar, dicen que escucharon ruidos en cuanto entraron. lamentos en la habitación del tercer piso. Estaban seguros. Sus padres les habían dicho que esa casa, la casona de los Gladwell estaba abandonada. Quisieron saber de donde venía la luz de las velas que vieron desde fuera y que los invitó a entrar. Al salir, vieron la figura de una mujer en la ventana de la habitación principal.

–"Son tonterías de niños", dijo el oficial Cooper. "Seguramente ellos fueron los que llamaron para tomarle el pelo, o fue una vecina asustada", concluyó. El oficial Cooper y su compañero abandonaron la propiedad llevando a los niños a sus casas para hablar con sus padres.

–"No, no, no... no fue así. Estoy seguro que no fueron ellos, ni nadie más".

La grabación de la llamada solamente tiene mi voz, aunque una estática extraña se alcanza a escuchar en el fondo. Sé que no lo soñé. Sé que no lo imaginé. Estoy completamente seguro, porque de vez en vez, cada que es luna nueva y llueve, recibo una llamada, de Mary. Ella se asusta y llama al 911. Yo trato de calmarla. La acompaño en lo que deja de llover. Me da las gracias y le digo que se meta a la cama y que espere a James, aunque se que nunca llegará. ¿Yo? Yo disfruto de esasa charlas donde me cuenta como era la vida en los años sesenta. Las fiestas antes de la gran depresión. Vaya que es ... o que fue una fascinante mujer.

ME LO CONTÓ LA NOCHE

13. EL MÉRDAGO

Fui invitado a la fiesta de Navidad de la embajada de Estados Unidos. Es divertida. La gran casona está decorada siempre de forma impecable. Increíbles e interminables árboles de más de 4 metros y luces por doquier, regalos enormes, del tamaño de un San Bernardo adulto adornan el pie del árbol y las luces cuelgan del techo y bajan por la escalinata. De verdad, si tuviera que elegir un sitio, este sería algo muy parecido al hogar de Santa Claus.

La champaña corre como todos los años, junto con el *eggnog*, el ponche de huevo y los canapés típicos de la época navideña... me encanta. Los minúsculos bocadillos de pavo y arándano, son mis favoritos. ¡De verdad, es un sitio excepcional! Por supuesto cruzo la puerta y me reciben con una copa de champaña... bebo una, dos, tres... ¡No sé cuántas! Las que sean necesarias para entonarme. La fiesta está llena de personalidades, políticos, empresarios e industriales; artistas, actores, cantantes. Has pensado alguna vez ¿cómo comenzó el romance entre aquel político y la actriz decadente? Sí, en estas fiestas. Saludo a mis colegas periodistas que como chacales se reúnen cerca de la cocina para ser los primeros que encajan el diente a los canapés. Es interesante escuchar las historias de cada uno de ellos, en que han estado todo el año, difícilmente nos vemos. Para nosotros, es como la reunión de fin de año del colegio. Fotógrafos gráficos de guerra y periodistas que documentan al narco; presentadores de noticieros y duros periodistas policiacos. Juglares de la nota rosa y documentalistas de animales y naturaleza. Humoristas gráficos que dibujan cartones y satíricos presentadores. Todos son bienvenidos aquí. Durante la noche, platicamos, reímos y nos entristecemos con muchas remembranzas que quisiéramos olvidar de lo que documentamos durante el año.

ME LO CONTÓ LA NOCHE

Los dejo por un momento y comienzo a recorrer la gran casona. Sus cuartos, sus escaleras. Miro los cuadros y las obras de arte colgadas. Es un museo. Poco a poco comienzan a irse, algunos sobrios y un poco tambaleantes, por ponerlo elegante. Aquí, en una especie de pacto de caballeros –si así nos podemos hacer llamar-, no hay nota, al menos hoy.

Me dirijo al sitio de siempre, todos los años espero que el personal de seguridad comience a despedir a la gente. Es entonces, cuando Miguel, uno de los meseros y a quien considero mi amigo personal, abre sigilosamente la puerta trasera de la cocina y me dice que es momento de entrar. Ahí, saludo al resto del personal de la embajada, choferes y camaristas. Cocineros, ayudantes de cocina y por supuesto, al Chef. Y ahí, debajo del muérdago que se encuentra colgado en un oxidado clavo en la viga que separa la cámara de refrigeración y la cava, la espero, como todos los años. Miguel, me señala la hielera con una botella de champaña y dos copas, me abraza y se retira. Él sabe perfectamente la historia, él nos vió.

Fue hace al menos 5 años. Fue mi primer año en la embajada y Tom, un colega periodista del Washington Post, con quien estudié mi maestría, gestionó mi invitación a la fiesta. Ahí me la presentó. Una mujer espectacular, Dona se llamaba. Enseguida me atrapó al grado que ni siquiera me di cuenta del momento en el que Tom se aburrió y nos dejó solos. Llevaba varios años en la embajada, comenzó como becaria y algunos años después, se había convertido en la directora de Relaciones Públicas. Ella estudió precisamente aquí, en México, una maestría en historia latinoamericana. La historia México-Estadounidense le fascinaba y aquí decidió vivir. Era fascinante escucharla hablar. Conocía a la perfección la historia, escena y autor de cada uno de los magistrales cuadros que adornaban las paredes de la embajada. Recorrimos toda la casona mientras me platicaba sobre el gran cuadro de George Washington que estaba en la sala de juntas y el huevo Fabergé del íntimo comedor del segundo piso, regalo del gobierno ruso. Las banderas históricas en la oficina del embajador y las fotografías de todos los presidentes de los Estados Unidos. Miguel, sigilosamente nos seguía a una discreta distancia con una helada botella de champaña. No recuerdo cuantas copas o cuantas botellas nos sirvió. Fue la noche más increíble de mi vida. La noche terminó en la cocina cuando me mostró la colección de vinos en la gran cava. Ahí nos topamos con el muérdago y nos besamos.

La mañana siguiente amanecí en mi casa, no supe cómo llegué, creo que fue obra de Miguel. Inmediatamente hablé con Tom para que me diera el teléfono de Dona. Le conté que había pasado la mejor noche de mi vida y que estaba seguro que Dona también. De la emoción no lo dejé hablar, hasta que me dijo la fatal noticia.

–"Amigo, ayer fue el último día de Dona en la embajada, ¿no te lo dijo?".

–"Por supuesto que no …", le contesté.

–"Ella tomó un vuelo hoy temprano, para serte honesto, no sé a dónde... no me quiso decir... A un sitio donde pudiera morir tranquila".

Dona tenía cáncer terminal. Fue la noche en la que se despediría de sus colegas, de su trabajo, de su jefe y de la vida aquí. La busqué... te lo juro que la busqué por todos lados. No supe más de ella, hasta el año siguiente.

Mi invitación llegó puntual, de la oficina de relaciones públicas de la Embajada. Por supuesto fui a la fiesta. Visité todos los cuartos, recordando mi única noche con la mujer de mis sueños, platiqué con algunos colegas, con empresarios y una que otra artista que lucía su vestido de diseñador. Agradecí al embajador sus atenciones y cuando me disponía a salir, Miguel me abordó... con dos copas de champaña. Sólo me hizo una mueca, no bastó más. Con una gran sonrisa y utilizando sus cejas para apuntar hacia la puerta trasera de la cocina, me jaló sin siquiera tocarme. Me colocó debajo del muérdago y apagó las luces mientras todos sus colegas de cocina, como en una especie de complicidad pícara e infantil, salían y me dejaban solo... aunque no tan solo. Fue cuando percibí su perfume.

–"¡Qué broma de mal gusto!", pensé hasta que la vi aparecer de... no sé... de … donde... de la obscuridad del fondo de la cava... se me acercó y me besó debajo del muérdago. Platicamos y bebimos... Dona me contó que estaba en la cava cuando Miguel entró. Le dio el susto de su vida y le preguntó por mí, entonces él me fue a buscar.

Todos los años recibo la invitación de Dona, quiero decir, de la oficina de relaciones públicas. Todos los años vengo a esta fiesta, todos los años platico con mis colegas, con alguno que otro político, artista o escritor, pero toda la noche estoy viendo mi reloj, esperando que llegue la hora. Todos los años Miguel me busca, me mete a la cocina y deja una botella con dos copas.

Dos cosas aprendí: Primero, cuando alguien muere y queda aquí, atrapado en este plano, es porque hay algún pendiente. No siempre se quedan en donde la persona muere, si no en el lugar más significativo de lo que fue su vida. Yo soy el pendiente de Dona y ese lugar, es la viga que separa la cámara de refrigeración y la cava, donde está el muérdago.

Segundo, cuando le digas a alguien "te amaré por siempre", más vale que lo digas en serio y se lo digas a quien verdaderamente quieras amar por siempre. Si tienes suerte, tal vez quedes atrapado por un hechizo de amor como el mío...

Rodrigo Llop

14. EL LLAVERO

¡Malditas llaves! ¿Dónde están? Las he buscado por todos lados y no las encuentro. Perdí el vuelo... una vez más. Es como vivir con un niño travieso que todo lo mueve, que todo lo toca, que esconde tus reportes financieros del trabajo o uno de tus tenis, sólo uno de tus tenis para correr, pero ya se como es esto.

Todo empezó hace más de 30 años, 1985. Ese año había sido, probablemente, el peor año nuevo de mi vida a mis escasos 13 años de edad. Hoy en día, veo ese año a través del espejo retrovisor y me río. ¡Cuánto drama! No fue tan malo, no fue tan grave, aunque sí fue algo que marcó mi vida. De hecho, conocí mucha gente ese año. Una persona en particular.

Después de dos o tres días con una intensa fiebre que no disminuía, mis padres decidieron recortar las vacaciones y regresar anticipadamente. El gerente del hotel logró contactar a un doctor de un pueblo cercano. Tardó horas en llegar y por más que me auscultó, no pudo hacer nada. Por su cara, parecía que no tenía ni idea de mi padecimiento. Así es que empacamos todo. Directamente del hotel a la carretera y de la carretera al hospital. Los análisis arrojaron resultados, de igual forma esperados y extraños. No era en realidad grave, pero, sobre todo, pudo haberse complicado; no, no era normal tener neumonía a los 13 años, pero así fue. ¿Cómo la pesqué? No lo supe. ¿De dónde vino? Sigue siendo un... misterio. Tal vez ahí comenzó toda esta... locura. No lo sabré.

- "Es una enfermedad complicada", nos dijo el doctor, claro, para una persona de 80 años. A mi edad, si bien era raro, no era peligroso. Sólo tiempo, reposo, medicamento y oxígeno para limpiar el sistema respiratorio. Nada más. ¿No te encanta como todo se resuelve con reposo? Aún en el hospital, la fiebre regresaba siempre, sobre todo en la noche. Era una fiebre alta, muy alta... más alta de lo normal por lo que no había otro remedio más que bajarla con baños de agua helada. Más de una vez en mi estancia en el hospital, tuve que tomar gélidos regaderazos para disminuir la temperatura a las 2 de la mañana con la ayuda de las enfermeras.

Al día siguiente, el doctor llegaba, preguntaba cómo estaba y me explicaba el avance en mi condición.

–"Ehm si, bien, muy bien. La temperatura está controlada", decía. "Los medicamentos están haciendo efecto, el cuerpo está reaccionando positivamente. Sólo hay que esperar". Después me explicaba:

–"Por cierto, eso que ves, no lo ves... se llama delirio. El delirio, veras, es una condición del cuerpo que crea alucinaciones que provienen de la fiebre y los medicamentos. Son cambios rápidos del estado mental, causan confusión al cambiar de un estado de lucidez a inconsciencia, perdiendo contacto con la realidad, ¿me entiendes?".

–"No fue eso", insistía, pero al final, me convenció... quiero decir, me convencí. Años más tarde, muchos años más tarde, me di cuenta de que esos delirios, no eran delirios.

Visitas vinieron a verme en el hospital. Familiares, amigos, maestros del colegio. Mi estancia se extendió rápidamente de días a semanas. Algunos llevaban chocolates, otros, galletas. Había quien llevaba regalos. Recuerdo en particular, un disco de acetato de *REO Speedwagon* y uno de la película *Footloose*. Pero uno en particular llamó mi atención. A la fecha, es el que más recuerdo: Un llavero. No era bonito, ni elegante, pero si era especial. Era un llavero conmemorativo del mundial México 86. Por un lado, tenía el logotipo del mundial y por el otro a Pique, la mascota. En momentos de aburrición lo sacaba de su caja, lo veía, lo volteaba, lo admiraba y lo volvía a guardar. Tenía una pequeña bisagra que hacía girar el logotipo sobre su propio eje. Bastaba con un fuerte golpe con los dedos para hacerlo girar rápido y así ver ambos lados al mismo tiempo. Una especie de ilusión óptica que hipnotizaba. Horas podía quedarme viendolo mientras lo hacía girar y girar. Era algo que me conectaba con otro mundo. Me transportaba. Era una especie de portal que me llevaba a otro sitio donde se generaba una especie de conexión con "algo más" y donde mi mente se perdía.

Un día llegó mi madre al cuarto después de haber ido a comer a la cafetería. Me contó que había conocido a otra mamá, cuyo hijo estaba en el cuarto contiguo al mío.

–"Le voy a llevar unas revistas... ¿Cuáles leíste ya?", me preguntó. Le señalé algunas que estaban en la cómoda junto a la jarra de agua, los cubre bocas y los pañuelos desechables.

–"¿Estas? ¿Las de acá?", me dijo mientras las tomaba junto con otras cosas. "Bueno, pues éstas... algunos chocolates que te trajeron y el llavero".

–"¡Qué! ¿El llavero?", me molesté por supuesto. Me explicó que el niño tenía una enfermedad terminal. Recapacité y me di cuenta de mi error. No quise saber que tenía, no quise saber su nombre, no quise involucrarme... me dio miedo. Un escalofrío invadió mi cuerpo, algo muy raro. Muy parecido a esos escalofríos de la fiebre que me invadían de noche. Por un instante sentí que la enfermedad me invadía nuevamente. En fin, era un simple llavero. No era fino, no era elegante. No era algo que me pudiera volver loco. De cierta forma lo había disfrutado y, aunque la emoción del mundial estaba a tope, me pareció correcto compartir.

Nunca supe que pasó con él, con el niño. Salí del hospital dos semanas después, por supuesto muy distinto de como entré. Más maduro, con una consciencia más amplia, con una mayor comprensión del pequeño mundo en donde vivía y sobre todo con un contacto mucho más fuerte de la fragilidad de la vida, una extraña cercanía a la enfermedad y un profundo entendimiento de la muerte.

Días después comencé a notar cosas extrañas en mi vida, en mi entorno. Recuerdo un día haber hecho la tarea de matemáticas hasta tarde... muy tarde. Al llegar a la escuela, y buscar mi cuaderno, recordé haberlo dejado en el escritorio donde la hice, junto con mis lápices, plumas y juego de geometría. No me dio tiempo de hacerla nuevamente en la escuela, ni siquiera de copiarla, simplemente pude llenar espacios en blanco con números al azar. Pues... ¡con tonterías! Era preferible entregarla mal que no entregarla, sin embargo, al llegar al salón de clase, la tarea estaba ahí, en mi mochila junto con el resto de mis útiles. La pluma que me había regalado mi mamá y había perdido en la escuela, apareció en la casa algunos días después, en el portalápices de mi escritorio.

Años más tarde, el reloj despertador sonó a las 2 de la mañana sin aparente razón. Me levanté percibiendo un olor a quemado. Una fina capa de humo cubría el techo de todo el departamento, como una tenebrosa niebla, pero invertida. Mis padres se encontraban de viaje, así es que aún medio dormido indagué el extraño acontecimiento. Abrí la puerta principal y me percaté que el cubo de las escaleras que llegaban al departamento estaba completamente lleno de humo. Mi hermano y yo salimos del edificio para darnos cuenta que el departamento de abajo estaba a punto de incendiarse. Cosas... cosas que pasan a todos... normal, ¿o no?

Bueno, tal vez eso que dije es mentira... si volví a saber de él, de mi vecino de cuarto de aquella estancia en el hospital. Si sé de él. Hoy lo recuerdo porque me escondió las llaves y durante una hora las busqué. En el cuarto, en el baño, debajo de la cama y en el escritorio. En la cocina y cerca de la cafetera. Incluso revisé todos los estantes y cajones de la cocina. Sé que algo iba a suceder ese día por lo que me retrasó mi salida. De una u otra forma, él me cuida.

- "Vaya... aquí están mis llaves, no hay forma de que yo las haya puesto ahí". Mi llavero se encontraba encima del librero, sobre un libro muy particular: «Un corazón abierto», del Dalai Lama... Es eso, debo ir por la vida con un corazón más abierto.

–"Sí, sí... ya lo entendí", dije en voz alta mirando hacia arriba.

Reagendaré mi vuelo. Se que será mejor viajar mañana que hoy. Pero, ¿a ti no te pasa? ¿No se te pierden las cosas? No sé... algunas veces lo hacen solamente por jugar. Otras veces, necesitas leer los mensajes que te dejan esas presencias o seres del otro lado para que tomes consciencia de tu vida... está en ti que los veas, reacciones o que... los dejes pasar.

Rodrigo Llop

15. AL FIN SE FUE

La cité para decirle que las cosas no iban bien. Para ser completamente honesto, estaba nervioso, muy nervioso. Habían sido muchos años de estar juntos, de convivir y de compartir. Habían sido muchas aventuras, muchos caminos andados, muchas historias, mucho tiempo juntos. Cuando vives mucho tiempo con alguien las personalidades comienzan a mezclarse. ¿Sabes? No es fácil saber dónde empieza uno y termina el otro. La frontera se difumina hasta desaparecer la individualidad al punto que no sabes si tu mente es la que está pensando o es la del otro. Ambos se difuminan en una enfermiza simbiosis, un espeluznante sincretismo se apodera de la relación. Las personalidades individuales desaparecen. Un sitio donde no existe el "yo", sólo el "nosotros". La razón se asfixia y te sientes atrapado fuera de ti, sin poder regresar a ser tú. No pude más, eso fue lo que me hizo reventar y es lo que me hizo estar ahí. Estaba nervioso.

Fue en el café Memories, un sitio sumamente tranquilo, en un distrito de artistas de Bogotá. Vivo cerca de ahí. Nos conocen, bueno, me conocen. El dueño era un lector empedernido, adicto a mis obras. El café era extraordinario, pero, sobre todo, era casi como mi oficina. Ahí estaban muchas de mis cosas, en una pequeña gaveta podía guardar papeles, notas, recortes referentes a lo que escribía en el momento y por supuesto, no me cobraban el café. Las largas y amenas charlas con el dueño, lo pagaban.

Era un viernes soleado. La semana había sido intensa, pesada, pero muy productiva. La cité a las 10, pero decidí llegar antes para elegir la mesa donde sentarme y prepararme, pero al parecer, ella había pensado lo mismo. Sabía que algo sucedía: se me había adelantado. Ella se encontraba sentada en un sitio que no había anticipado. ¡Demonios!

Me acerqué a la mesa mientras hacía una seña al barista. "Un café por favor".

ME LO CONTÓ LA NOCHE

–"Hola Griselda", le dije mientras jalaba la silla y me sentaba. Evité saludarla de beso, quise marcar la distancia desde un inicio. Me senté de tal forma como si la mesa estuviera entre nosotros y no pudiera alcanzarla o alcanzarme. Hice un gesto entre disculpa y justificación. Ella se dio cuenta, notó mi frialdad.

–"¿Qué sucede?", en seguida me preguntó. El camarero me trajo el café. Tan solo lo aventó y se fue notando el ambiente tenso.

Yo intenté ser directo. "No puedo seguir adelante", le dije.

–"Es otra vez tu espiral depresiva", me contestó quitándole importancia. Intentando encarrilarme a la enferma monotonía de la relación nuevamente.

Lo cierto es que cuando termino una obra, entro en un proceso de depresión y todo comienza a obscurecerse. Un tirabuzón que comienza a hundirme, veo negro sobre negro. La vida se me complica y las cosas dejan de funcionar. Mi cabeza se convierte en una casa obscura sin ventanas, sin puertas, con un interminable número de pasillos y corredores, cuartos cerrados y puertas que no llevan a ningún sitio. Me encierro en mí mismo y todo ruido se convierte en eco. Sombras van y vienen en mi mente cruzándose frente a mí. Mientras más avanzo, mientras más camino, mientras más recorro mi mente y mis pensamientos, más confundido estoy, más mareado, más grueso es el velo que ciega mis ojos.

–"¿Qué me cuentas a mí?", me dijo…. y tiene toda la razón.

Ella fue quien me sacó de mi primera depresión. Tenia mas de 40 años y nada de lo que había hecho en la vida, había funcionado. Mis obras no eran mas que flacos escritos sin sentido, sin estilo, sin personalidad. Después de graduarme con honores de la facultad de filosofía y letras, mi futuro parecía prometedor, pero nunca conté con la sombra que me acompañaría durante toda mi vida, mi depresión. Bache tras bache, mi carrera caminaba hacia atrás. Cada paso que daba, era en retroceso. Jamás imaginé que pudiera estar más abajo del punto más bajo, y aún así, lo lograba siempre. Y en el punto más bajo, fue cuando la conocí.

Fue mi inspiración, fue mi diva, mi musa, fue la materialización del éxito. Una canalización literaria. Fue todo lo que necesitaba para salir adelante. Fue, en un inicio, el ancla que detuvo el pequeño barco en la tormenta más obscura que alguien se pudiera imaginar. Esa ancla fue el primer éxito de mi carrera, el primer éxito de mi vida. Fue ella quien me dio dirección. Por supuesto me entregué totalmente, la hice parte de mi vida y me aseguré de no perderla.

–"¿Cuántas veces necesitas que te rescate? ¡Ja!", me dijo en su tono dramático de siempre.

–"Esta fue la última, lo siento, no puedo más...", le dije mientras me secaba el sudor en la frente con una servilleta y me tomaba el café de un trago.

–"Puedo hacer esto toda la vida", me dijo… "¿Cuántas veces sean necesarias, unas, dos… o diez veces más? ¿Mil? Estoy aquí para tí, soy para tí", me dijo mientras extendió su mano para tomar la mía. Logré quitarla sin que me tocara.

Y es que el problema era precisamente ese. Después de mi primer éxito entré en mi primera depresión. Ella se sentó conmigo, en este mismo café y me mostro la luz. Me dijo para donde caminar y comencé a andar… hacia adelante. Puso un bolígrafo en mi mano, y acercó una servilleta. Me hizo escribir. Comencé con unos garabatos, luego con notas y pronto con párrafos. Los párrafos se convirtieron en páginas y las páginas en capítulos. Pronto tenía otro libro inspirado en mi musa. El éxito fue aún mayor, con ese gané premios, con ese viaje a Europa. Fue traducido a varios idiomas. Radio, televisión… todo, gracias a ella. Hasta que todo se calmó y llegó nuevamente la depresión.

–"Conozco tus depresiones", siempre me decía. "Mejor que tú… se cuando vienen y cuando se van, esta también se irá", terminó. Y así era. Nuevamente me mostró el camino, pero en esa ocasión ya éramos 'nosotros'. Claro, yo firmaba, pero la obra era de ambos.

Ella generaba un movimiento propio dentro de mi literatura, esto me hacía mejor aún. El éxito se multiplicó, y en esta ocasión, vino el dinero. Mi primera película, un guion cinematográfico basado en mi obra. Hollywood, Canes, Berlín… el paquete completo. Pronto, el ciclo comenzaba nuevamente…. el precipicio de la obscura depresión de siempre.

Fue cuando ella tomo el control. Comenzó a dar teclazos en mi máquina de escribir mientras yo estaba sentado en un rincón obscuro, enfrente de una máquina de escribir que no tenía papel, que no tenía tinta… que no tenía teclas… No me molestó en realidad tan solo escuchar el rápido sonido de la máquina de escribir era como música para mí, podía entender el ritmo de la novela que estaba creando sólo con la velocidad, las pausas y el ritmo de los teclazos. Me la mostró y me pidió que la firmara. Yo lo hice. Ese fue mi cuarto éxito.

Si en un inicio no sabía que tan bajo podía llegar con mis fracasos, a su lado los papeles se invirtieron. La pregunta era, ¿qué tan arriba podía llegar con mis éxitos?

En esta ocasión, los premios vinieron con una casa en Malibú, otra en Suiza, y una jugosa cantidad para seguir escribiendo… ¡Por adelantado!… Las cosas iban de maravilla y muy aprisa. El sueño de cualquier escritor, ¡de cualquier persona! El problema es que el "yo" que se había convertido en "nosotros" y comenzaba a morir. Me estaba convirtiendo en ella.

Comenzó a dibujar círculos en el mantel con sus uñas y en un tono de coquetería me dijo: "El siguiente proyecto está casi listo. Solamente resta firmarlo y definir detalles de tu gira".

–"Precisamente por eso tiene que terminar", le dije. "No quiero saber nada de ese proyecto. No me cuentes más, ese proyecto no es mío".

Fue entonces cuando saque la pistola que tenía escondida, le apunté ahí mismo en el Memories y disparé intentando borrar la memoria de su existir mientras gritaba "¡Basta! ¡Basta!" … Ella cayó al piso, sangrando. Un gran charco de sangre llegó a mis pies. Giré la cabeza, nadie volteó a verme. Es como si nadie hubiera escuchado el disparo. Me limpié las lágrimas y me acerqué a ella… tendida en el piso. La tomé en mis brazos e incorporé su casi inerte cuerpo… aún alcanzó a mirarme. Yo temblaba.

–"Jamás pensé que fueras capaz de esto… ¿Matar a tu personaje principal? ¿Al que te ha dado tantas obras y éxitos, al que te dio de comer?… ¿Terminarlo así?… Sin siquiera una verdadera justificación literaria".

No… no logré tener el éxito que tuve… Probablemente, nunca lo conseguiré. He creado otros dos, tres… cinco personajes nuevos, ninguno tiene la fuerza de Griselda. Su carisma. Ninguno tiene su personalidad, su agresividad y su sensibilidad, su empatía, su encanto, su arrogancia, su maldad… ninguno tiene su pasión. La fama me abandonó, aunque viéndolo por el lado positivo, ninguno de mis personajes se apoderó de mi obra, ninguno se apoderó de mi cabeza y de mis pensamientos como lo hizo Griselda…. Ninguno vive conmigo en mi cabeza… y aunque a veces me siento muy solo aquí adentro, prefiero la soledad, prefiero el eco de mi cabeza vacía y una carrera mediocre que tener que compartir mi éxito.

Rodrigo Llop

ME LO CONTÓ LA NOCHE

16. EL PACTO

Desesperación y obscuridad, la combinación que me estaba hundiendo. Mi vida estaba en el frasco de dinero que se encontraba a un lado de la estufa, lo que era mi alcancía, mis ahorros, mi cuenta bancaria, mi vida, y estaba casi vacío... Mis reservas bajaban y bajaba y el nivel de las monedas estaba casi al ras del fondo del frasco. Si giraba la tapa, era únicamente para sacar monedas, difícilmente para meter. Mi forma de vida se mermaba y lo que un día fue un plato con manjares y una copa llena de vino, ahora se reducía a verduras apestosas y agua sucia. Lo que un día fue una casa iluminada y una chimenea ardiendo, hoy era una casa obscura y fría. Algunos trozos de carbón me acompañaban para calentar una simple taza de té hecho con hojas reutilizadas una y otra vez. No recuerdo la última vez que compré leña. Dos velas me quedaban para alumbrar casi todo un mes. Me acogía un malestar en los pulmones. Las flemas que había estado expulsando se convirtieron en una mucosidad guinda obscura que me molestaba, pero que ya no me asustaba. Dolor al respirar, debilidad, y un silbido al inflar mis pulmones vaticinaban un final terrible. La soledad que me había acogido durante años, me abrazaba y ya comenzaba a ser mejor compañera que las enfermedades que, formadas, tocaban a mi puerta. Me senté con una vela en mi escritorio acompañado de un agua turbia que pretendía ser un té. Abrí el tintero y tomé el manguillo de la pluma para escribir una nota final al casero, esperando que me encontrara aquí uno de estos días que viniera a cobrar la renta que no podría pagar. Tomé una hoja de papel con la que me corté.

–"¡Demonios!", exclamé mientras me llevaba el dedo a la boca succionando la sangre. El intenso dolor de una hoja cortando la piel. Una cortada profunda. Probé el sabor de la sangre en mi boca y miré la cortada. Exprimí el dedo y una gota carmesí calló en mi blanca hoja, en la esquina inferior derecha. Maldije nuevamente al ver que la hoja estaba arruinada.

–"Acaso, ¿algo más me puede salir mal?", grité al aire. "¿Qué necesito hacer para tener una vida mejor o para morirme de una vez por todas?".

Usé el dedo pulgar para limpiar la gota, dándome cuenta de que sólo había logrado dejar mi huella digital plasmada en el papel. La mancha se había corrido.

–"Si tan solo hubiera... si tan solo aquel día... ¡Bah!", susurré mientras recordaba el día en el que todo se me vino abajo.

Y entonces, una ráfaga de viento golpeó las ventanas abriéndolas, las cortinas volaron, la vela se apagó, la puerta del despacho se azotó y un libro cayó de mi estante. La luna llena lo alumbraba. La divina comedia yacía en el piso.

–"Vaya comedia que es mi vida...", me repetí en voz baja mientras lo recogía.

El humo de la vela apagada desveló un rostro que con una pícara sonrisa se burló de mi. Enseguida se desvaneció, dejando un hilo de humo que tocó el techo.

–"Una propuesta quiero hacerte", dijo el viento. "¿Quieres una vida mejor? Firma al calce de la hoja, donde está tu huella y hagamos un pacto. Dime que es lo que quieres a cambio de lo único que te queda, aquello a lo que de todas maneras no le das valor...".

Reí entre tosido y tosido, sabiendo que la fiebre me estaba haciendo alucinar. Le seguí el juego a la sonriente cara de la vela, y comencé a recitar lo que le hacía falta a mi vida para que, según yo, fuera feliz.

–"Quiero solvencia económica, dinero y éxito. ¡Riqueza...!", corregí. "Quiero no más preocupaciones para comer, manjares sin fin en mi mesa y eternas botellas de vino para beber. Salud y fuerza. La vista que tenía a los 20. Quiero el carruaje y la belleza, quiero la fama y el prestigio. Quiero la gran casa y la servidumbre, los elogios infinitos y el negocio próspero. Quiero ser el anfitrión de fiestas y bailes con poderosos mandatario, empresarios y políticos. Quiero la palabra del poeta y la sabiduría del filósofo. El conocimiento del historiador y la riqueza del márquez. Quiero vivir la vida que sólo soñé. Quiero... quiero ser feliz". Pero antes de incluso escribir la primera letra, el texto se desveló en el papel con una caligrafía perfecta. Un olor a papel quemado y a azufre se percibía conforme iba apareciendo cada letra, más que tinta, éstas estaban siendo quemadas."

El viento me pidió "firma y repite «así será»" y pensando todavía que sería la fiebre la que hablaba, fue lo que hice: firmé y repetí "así será".

El viento sopló y alguien tocó a mi puerta.

- "El casero", pensé. Y no fue así. Un hombre vestido de negro con un alto sombrero y una capa me entregó una nota y se subió nuevamente a su carruaje. Un pariente lejano había muerto y me dejaba un castillo.

Con el tiempo, recibí todo lo que pedí. Dinero, fama, comida y bebida. Por años no tuve más que buena fortuna sin que en realidad se detuviera el paso del tiempo. No me volví a preocupar, hasta que llegó el día. Una noche, mientras disfrutaba de un cognac en mi sillón favorito frente a la chimenea, el viento vino a mi casa nuevamente. Azotó las ventanas, apagó el candelabro de velas y azotó las puertas. El rostro apareció nuevamente en el humo de las velas y me dijo "es momento". El día en el que se cobraría el pacto, había llegado.

Pero sigo aquí. Viviendo en esta enorme casa con pisos de mármol, comiendo y bebiendo sin que pudiera saldarse el pacto porque su promesa nunca se cumplió. El viento siguió soplando por años, buscándome. La cara de humo siguió visitándome hasta hoy, en mi lecho de muerte, acechándome. Me persiguió durante toda mi vida, pero nunca pudo llevarse mi alma, porque en el fondo, nunca cumplió por completo su parte del pacto. Después de todo, nunca fui feliz. Lo tuve todo, pero no fui feliz y pude así, sólo así, pude engañarlo, a costa de mi propia felicidad, porque nunca me la dio... y nunca me la di.

ME LO CONTÓ LA NOCHE

17. EL CONTADOR

Trabajo como nadie. No sé cómo mi cuerpo aguanta. De sol a sol, y a veces más. Aquí no hay hora de salida. En ocasiones tampoco hay hora de entrada. Este sitio se ha comido, poco a poco, todas mis horas. Casi siempre pernocto aquí mismo, en este escritorio. No me pesa. Esta empresa no es mía, pero amo mi trabajo, sé que lo hago bien y además... bueno pues en realidad, no se hacer otra cosa. Mi vida es mi trabajo y mi trabajo es mi vida.

Es probable que me acabe un tintero grande todos los días. La pluma larga de ganso dura un poco más, probablemente una semana, pero el tintero se va como garrafa de vino en boca de cenobitas.

Para llegar, salgo del edificio de celdas y cruzo el gran portón, después el patio central para subir la torre del monasterio por las enrizadas escaleras. Llego a la biblioteca y me siento en la mesa del fondo, aquella que me he apropiado y comienzo, en silencio, a hacer números. Sumo por acá y resto por allá. 'Checa y cuadra', como dice la famosa frase. Lo importante es que el balance cuadre. No me concierne, si el número es negro o rojo, positivo o negativo, si está en ceros o debe. Yo solamente debo hacer que los números estén completos, al día de hoy. Y sí... por si te lo preguntas, es un trabajo muy duro. Requiere de mucha concentración, atención, cuidado y sobre todo limpieza. Debe hacerse en silencio porque un error puede dañarle la eternidad a alguien. Si tan solo pudiera hacerlo afuera, la cosa sería distinta, pero trabajar en la obscuridad de esta biblioteca del monasterio es complicado y más con la luz de una sola vela. Sí... soy un contador, el contador del priorato. Mis clientes requieren de mi ayuda, todos ellos deben pasar por mi dura e inquebrantable auditoría. Algunos me lo hacen fácil, presentan números buenos, alegres, limpios, sencillos de manejar. Otros no. Otros simplemente son un desastre, andan de allá para acá, con borrones y tachones, con enmendaduras y sinsentidos. Algunos incluso presentan información falsa y datos obscuros, los cuales hacen que mi trabajo sea complicado. Al final, siempre logro identificarlos, pero no es fácil. Nadie se me escapa. A veces la información no es completa, otras veces no está como debe ser, pero en su mayoría, los números son terribles. Mienten con tal de que todo parezca mejor, de ocultar la verdad, una verdad que siempre sale a flote. Ese es mi verdadero trabajo, validar las mentiras. Al principio me pesaba por ellos, pero con el tiempo se me fue quitando. Son sus decisiones, son sus acciones, es el libre albedrío el que impera en sus balances. Yo reporto números, sólo eso. Nada tengo que ver con sus acciones y sus pecados.

Cuando el gran total está cuadrado, enrollo el enorme pergamino y lo amarro con un pequeño cordón de seda confeccionado aquí mismo, en la abadía. Un pequeño nudo firme pero no apretado, remata el gran tubo de papel para evitar que se abra, que se dañe con el tiempo. La información se puede dañar o perder por un mal manejo, por humedad, por polvo o por las ratas y bichos que habitan la bodega de los pergaminos, quiero decir, del archivo maestro.

Al final del día tomo todos los pergaminos cuyo balance es positivo y los amarro con un cincho en un costal que yo mismo confeccioné y me lo echo al lomo. No pesan, pero si son voluminosos y delicados. Con la otra mano tomo mi quinqué para alumbrar el obscuro camino que hay que recorrer. Bajo las escaleras de caracol de piedra hasta el sótano. Para esa hora, todo es obscuridad. Intento apurarme para evitar que mi quinqué se quede sin combustible. Conforme bajo, el olor a humedad se va intensificando y el fresco de la piedra empieza a penetrar en mis artríticas extremidades. Ahí no hay brisa, sólo un aire espeso, estancado, pesado y rancio. Me acompaña el canto gregoriano de mis compañeros monjes, retumbando en toda la abadía. Es el primer canto del día. Es ya de madrugada. Una vez más me alcanzó la madrugada. Al final de la escalera hay un portón, tomo de la bolsa de mi túnica franciscana una llave. Una llave con una calavera y abro el portón. El rechinido anuncia mi llegada. Entro a la gran bóveda, un largo pasillo lleno de pergaminos apilados en nichos, hasta que encuentro el sitio que corresponde a los que trabajé hoy, la bóveda es alta y enorme. Los dejo y una gran nube de polvo sale para irritarme la garganta y los ojos. Con una tiza hago la marca en el nicho, una Cruz de Jerusalén, indicando que los números están cuadrados y validados por mí, y que el balance es positivo.

Muy despacio, y a mis anchas, regreso a la biblioteca por la escalera de caracol. Subirla es un suplicio. Aunque no lo creas, mis más de 170 años de edad comienzan a pesar. Tomo aquellos cuyo balance se encuentra negativo o en rojo. Con ellos hay que trabajar un poco más, para ayudarlos a cruzar. Me reclino, peino mi larga y blanca barba y duermo... los cánticos me arrullan. Descanso y dejo que mi 'otro yo', salga de mi cuerpo para ir a por ellos, a cruzarlos, porque ya es su tiempo. Llego hasta donde están, y despiertos o dormidos, les soplo suavemente en el oído y les fugo el alma del cuerpo quedando inmediatamente vacíos, inmóviles y fríos... pálidos. La muerte les ha llegado. Es entonces cuando los acompaño al otro lado.

Si... soy El Contador... me han llamado Caronte o La Parca a través de la historia. He venido varias veces y he tomado muchas formas. He vivido en varios cuerpos y en varias épocas... pero nunca los dejo solos. Ya sabes, uno tiene que moverse. Hasta yo me aburro y me gusta evolucionar. Pero aquí soy simplemente el Hermano Damiel, el contador. ¿Sabes? Dicen que hay dos cosas seguras en el mundo... Los impuestos y la muerte. Que ironía... ¿No crees?

ME LO CONTÓ LA NOCHE

18. EXTENSIÓN DE VIDA

Ya no podía más. Seguir un minuto más en la sala de espera era inaguantable. No hay nada peor que esperar en un hospital. Por más que te repitan "no te preocupes", uno no deja de preocuparse. Así somos. ¿Cuánto más había que esperar?

El doctor llevaba... yo que sé. Miré el reloj de la pared. ¿Cuatro? ¿Cinco horas? Vaya. Me había sentado ya en todos los sillones. Había recorrido el pasillo no sé cuántas veces y me había asomado por todos los cuartos aledaños. Había ojeado todas las revistas y al parecer, seguiría ahí. La angustia no me dejaba en paz. Las demás personas que esperaban se iban poco a poco. La enfermera llegaba, leía un nombre de una tableta de metal y les daba aviso de la situación, diciendo que su familiar estaría en la sala de recuperación. Se abrazaban y se iban. Unos a la cafetería a comer, otros inmediatamente a hacer una llamada. Lloraban, tranquilos y felices, pero se iban. Podía ver su alivio en la cara, ese alivio que... que quería para mí.

Mientras tanto, yo ahí. Seguía ahí. No había nada que pudiera hacer.

Finalmente, la puerta que da al pasillo de los quirófanos se abrió y en esta ocasión no salió una enfermera. Salió el doctor, se acercó a mi e hizo que me sentara a su lado en uno de los sillones de piel. Me sentí peor aún.

–"Mira, la cosa va bien", me dijo mientras me tomaba de la mano y se quitaba el característico gorro verde de quirófano. "No sé cuánto nos falte, pero va todo en orden, conforme al plan. Encontramos algunas complicaciones, pero decidí venir a avisarte una vez resueltas".

Suspiré y parte de mi angustia se liberó. Me desparramé en el sillón.

–"¿Debo preocuparme de algo?", le pregunté.

–"Prefiero no adelantarme. Resta seguir limpiando, una sanación por aquí y otros detalles por allá. El páncreas está bien. No hubo metástasis y eso es muy alentador. Lo más probable es que terminemos en un par de horas. Las probabilidades de éxito son casi inminentes, pero debo regresar...", terminó.

Soltó mi mano y se levantó, dirigiéndose nuevamente a la puerta por la que vino. Justo antes de entrar, volteó y me preguntó:

–"Por cierto, ¿tienes alguna dolencia en la parte baja del abdomen?".

–"No...", le contesté mientras me tocaba la región señalada. "Tal vez algunos asuntos de gastritis, pero los de siempre. Los que hemos platicado desde hace tiempo, ya sabes".

Intrigado, el doctor regreso a verme. Puso sus manos sobre mí, una en la parte posterior, en la espalda baja y la otra debajo del ombligo.

–"Justo aquí", me dijo mientras aplicaba presión. Sentí una punzada inmediatamente. Tomé su mano y la moví más a la izquierda. "Mira, es justo aquí...", le dije.

- "Exacto...", contestó.

Hizo varios movimientos con presión, con pequeños giros en ambas direcciones y después recorrió la zona.

–"Quiero revisar esto antes de cerrar".

–"¿Debo preocuparme?", le pregunté.

–"Probablemente es un cálculo, nada que ver con tu cáncer. No es de cuidado, pero es buen momento para revisarlo".

El doctor regresó al quirófano y yo, me quede ahí esperando a que terminara de operarme. Una tranquilidad invadió mi ser. ¡Es un gran doctor! Increíble que haya dado con él, y de la forma en que lo hice...

Hace algunos meses estaba desahuciado, así es que decidí vender todas mis posesiones y pasar mis últimos meses de vida viajando, conociendo enfermo, lo que sano nunca pude o quise darme la oportunidad de conocer... ¿Has oído la frase «ese trabajo te va a matar»? Bien, pues compré un boleto al sitio más alejado del mundo, a morir.

Aterricé en Katmandú. Visité templos y entendí el fascinante mundo del budismo. Comencé a practicar el desapego. Conocí gente increíble y mágica. Entre recomendación y recomendación terminé acercándome a un monasterio a practicar la meditación, de la cual me convertí en un experto. Un brebaje que me vendieron como té, me hizo desprenderme y en sueños un monje me invitó a visitarlo, dibujándome una ruta a Tailandia, a un monasterio en la cima de una montaña. Caminé durante días, crucé ríos y subí montañas, hasta encontrar al monje que, entre sueños, se me había aparecido.

Los sueños eran cada vez más recurrentes y más reales y en ellos, me enseñó muchas cosas. Que ironía, enseñarle el valor de la vida a un moribundo, me encantaba su sentido del humor. Aprendí del desapego, de lo no importante de la vida, de desprenderse. Dejar de asignarle valor a las cosas materiales y asignarle el valor a lo importante. A mi ser. En un sueño, me llevó a visitar, volando, el Nirvana. "Aquí es", me dijo. Un campo interminable con flores moradas y amarillas por todos lados, con cielos azules y montañas verdes. Un aire frío y fresco, solamente respirarlo, llenaba de vida. Un sitio hermoso. En ese sueño, me ofreció una "extensión de vida" y en un chasquido me presentó al doctor que hoy me opera. Él también fue su discípulo, pero a él le enseñó la técnica del desprendimiento de alma. ¿A mí? Tal vez algún día te cuente de mi don.

"El paciente se prepara en la camilla operatoria y en un nivel de concentración astral, se masajea la cabeza, las sienes y la frente –el tercer ojo- para entrar en un nivel de vibración conjunto y acorde al proceso. Por la coronilla se desprende el alma, conteniéndola con el puño cerrado, y ésta se coloca a unos metros de distancia, apartado, en la sala de espera.", me explicó. Entonces la anestesia es mínima. Puede operarse con ayuda del mismo paciente, preguntando y sanando. El estado de consciencia es total y el cuerpo está en un modo… digamos... de *stand by*, permitiendo curar el tejido físico y sanar el tejido espiritual. La enfermedad se elimina".

Entonces, el doctor abre, corta, sutura, limpia y cierra. El sangrado es mínimo, el cuerpo coopera con lo que el doble energético comanda. Es un trabajo que se hace en otro sitio que no es "aquí". Es de gran utilidad poder tocar base con el alma mientras la operación se lleva acabo.

La puerta del quirófano se abrió nuevamente… dos horas después. Me levanté como resorte, ansioso por hablar con él. ¿Sabes? Las almas también se preocupan.

–"Hemos terminado", me dijo el doctor. "Es hora de regresar a tu cuerpo. Quedó como nuevo."

Lo que sigue es comenzar a planear que hacer con mi «extensión de vida». Estoy ansioso por aprovechar esta segunda oportunidad.

19. EL ACTOR

"Ser o no ser, esa es la cuestión", se repetía el flaco y pálido actor ante el espejo mientras se quitaba el maquillaje y se despojaba del vestuario que lo hacían ser Hamlet, al menos por esa noche. Salir del personaje... La tristeza más grande de todo gran actor. Siempre disfrutó actuar, era su pasión. Las butacas, el público, el escenario, las luces, la gran cortina roja de terciopelo que, al correr, abría la ventana al increíble mundo del drama... de la representación. La obra, los actos, las líneas, los soliloquios. "Ser o no ser, esa es la cuestión", su mayor éxito y por el cual fue conocido en la toda Inglaterra en el siglo XIX: Hamlet. El momento más triste de un actor es ese instante, cuando los aplausos terminan, cuando la cortina se cierra, cuando en el escenario solamente están él y la obscuridad; el ruido del público saliendo y, el silencio. Es entonces cuando... regresa.

Pero su vida no siempre estuvo llena de ovaciones y elogios, palmas y alabanzas, recuerda mientras se ve al espejo y se retira la peluca. Con total delicadeza y respeto toma el cráneo con el que representó el acto y lo guarda en una caja de madera con interior acolchado en terciopelo.

–"Te veo mañana", se despide acercando su palma y dando un beso en su dedo medio para acariciar después la frente del cráneo. Cierra la caja. Recuerda el infortunio de amar algo y no poseer el talento para desarrollarlo como quisiera. La ironía de conocer, solamente, la torpeza al actuar.

–"La burla del destino; la broma de Dios", pensaba siempre.

Sí, desde pequeño gustó de la escena. Se disfrazaba con una capa de terciopelo y una espada de madera para representar escenas que él mismo inventaba derivadas de los personajes de Dumas. Una escoba hacía de caballo y cabalgaba por el pequeño pueblo, llegaba a la abadía y dejaba su escoba amarrada como lo haría D'Artagnan. Luego, subía las escalinatas de la torre del monasterio hasta llegar al campanario. Los monjes no le decían nada, le tenían paciencia, uno en especial. El que tenía la extraña llave en forma de calavera colgada de su túnica. Él era el que le leía las obras de Shakespeare. Estudió artes dramáticas con los mejores profesores y actores de la época, pero nunca pudo subir a escena. Carecía por completo de talento, así es que se convirtió en asistente. Vestuario, escenografía, iluminación, apuntador y cortinero. Hacía de todo con tal de estar cerca de la farándula. Incluso, era encargado de las entradas. Era el primero en llegar y el último en salir.

Una noche, el director decidió montar una nueva obra.

–"Hamlet", gritó entusiasmado mientras se levantaba y recitaba "ser o no ser, esa es la cuestión", mientras imaginaba un cráneo posado en su mano derecha. Todos los actores rieron. El director apretó los labios para no soltar la carcajada y haciendo una mueca le dijo:

–"Bien, necesitaremos un cráneo, un cráneo de verdad para llenar esa mano que tienes vacía. ¿Podrías conseguirnos uno?" le dijo mientras miraba a los demás actores.

–"Por supuesto", contestó.

Llegada la noche tomó su abrigo, un quinqué con una luz tenue y se echó al hombro una pala, dirigiéndose al cementerio que estaba detrás de la abadía. La noche era terrible, más obscura que la biblioteca de la abadía. Una tormenta abrazaba el cielo. Lluvia, viento, relámpagos y truenos. A cada paso, sus pies se hundían en el lodo hasta que finalmente abrió el pequeño portal del cementerio y entró. Eligió un sitio donde cavar y comenzó a remover el lodo hasta que su pala tocó lo que buscaba: el ataúd de madera del hombre elegido. Lo abrió. Se encontró con un esqueleto bien vestido. Tomó el cráneo y lo puso frente a sus ojos.

–"¡Ser o no ser, esa es la cuestión!", exclamó al tiempo que un relámpago cayó en la lápida partiéndola en mil pedazos. El debilucho actor y el cráneo salieron volando. Éste cayó a su lado, mirándolo fija e intensamente a los ojos. Una sombra obscura, vaporosa, translucida salió del ataúd y se presentó.

–"Soy James Butler, amo de estas tierras, sus cosechas y su ganado", explicó. "¿Quién osa a retirarme de mis labores de centinela?".

El joven le explicó que sería su oportunidad para ser el más grande actor si tan solo recibiera la oportunidad de darle vida a Hamlet y para ello, necesitaría un cráneo.

La vaporosa figura rió y el cielo se estremeció aún más. El joven resbalaba en el lodo al querer incorporarse.

–"Tú me prestarás tu cuerpo", le propuso Butler, "para andar por el mundo de los vivos. Sólo unos minutos. Quiero recordar lo que es vivir, lo que es estar con los vivos, lo que es sentir, amar y soñar. A cambio, yo te daré el placer de la actuación. El talento, el aplauso y los vítores. Te regalaré el escenario en su máxima expresión...", y con desprecio mientras lo señalaba con una mano que se formaba del vapor negro, dijo: "...Actor...".

Cada noche está abarrotado el teatro. El famélico actor representa majestuosamente a Hamlet. Lleno de vida y sentimiento, lleno de emoción y pasión. Cada noche los aplausos se manifiestan por minutos enteros. Una, dos, tres, cinco veces abren y cierran las cortinas mientras el delgado y verdoso actor hace reverencia con una lúgubre sonrisa en la cara y un ceño fruncido. Pero también, todas las noches una obscura y vaporosa figura mira la obra desde la parte posterior del teatro. Si te fijas bien, inclusive podrías llegar a verla. Con agrado, disfruta de la actuación de su cuerpo, después lo sigue hasta el camerino y, como todas las noches, los papeles se intercambian nuevamente. Uno regresa a su cuerpo, y el otro a su cráneo donde pernoctará en una caja de madera con interior acolchado de terciopelo, después de un beso de agradecimiento en la frente.

La escena se repetirá mañana, igual que se repitió ayer. ¿Por cuánto tiempo? Por siempre o hasta que uno de los dos, decida romper el pacto.

ME LO CONTÓ LA NOCHE

20. LA HERENCIA

Hoy recibí la herencia. No sé qué hacer con ella. No puedo decir que estoy contento, tampoco me molesta. Pero de cierta manera, es un descanso. Se que ella también descansará. ¿Cuántos años? Te preguntarás... 27. Exactamente hoy se cumplen 27 años de que se fue.

Nos conocimos cuando teníamos 18 años, en la facultad. Primero celebras el aniversario de novios. Nosotros llegamos a celebrar 9. Luego el aniversario de casados. Y todo termina en el aniversario de muerte... 27 en total. Contar fechas. Fueron 36 magníficos años de casados, muy pocos para lo mucho que nos amábamos. Hoy, con la herencia en una mano y mis 90 años en la otra, no sé qué hacer. Nada va a cambiar, creo yo. He pedido tanto el irme que a veces creo que no hay nadie escuchando del otro lado.

¿Costó trabajo? No... no. La amé desde el momento en que la conocí, en ese café de la universidad. La amé de novios y aún más de casados. Cuando se fue, mi amor por ella no cambió, incluso hice todo lo posible para amarla aún más. Estoy seguro incluso, que nos conocíamos antes de conocernos, si es que me entiendes. Dos almas que se conocían demasiado bien. "Tal vez un pacto en vidas anteriores", decía ella. ¡Ja! Al final, tal vez si se lo creí.

No hubo reto más duro en la vida, que verla irse. Esa larga enfermedad se la llevó poco a poco, dejándola en los huesos, y de prontó sucedió. Dejó de respirar mientras yo le tomaba la mano. Estoy seguro que vi como su alma se desprendía del cuerpo, como quien apaga un fósforo. Lloré como nunca había llorado, durante días seguidos... semanas completas. Una total depresión me envolvió y pasé días encerrado en casa, con las cortinas cerradas, sin bañarme, sin afeitarme, viendo la televisión y bebiendo whisky.

Hasta que lo más extraño sucedió. Reconocí su aroma. Era ella.

–"¿Cómo era posible?", pensé.

Así es que me levanté de un brinco y busqué por todos lados gritando su nombre.

–"¿Licha? ¿Licha?".

Era su perfume, en el baño. La botella de su perfume estaba derramándose en el piso. ¿Cómo era posible? Tomé la botella y la tape desesperado para que el aroma no se gastara de más. Intenté levantar el perfume derramado en el piso, sin tener éxito. Éste se evaporó inmediatamente. No había forma de que esto hubiera sucedido así, nada más porque sí. Y, sin embargo, había sucedido. Sin darme cuenta, me metí a bañar mientras seguía pensando. Me afeité, me puse un traje y corbata y salí a caminar. El cielo era distinto... era azul ese mismo día. Sin darme cuenta regresé.

Algunos días después de reincorporarme al trabajo, regresé a casa tarde. Abrí el refrigerador y nada. Molesto, golpeé la puerta pensando, "debí haber ido al mercado ayer. ¡Tonto!". Así es que abrí la puerta del congelador para sacar hielos y cenar, al menos, un whisky. ¿Cuál fue mi sorpresa al encontrar, entre tanta escarcha, un recipiente en el fondo del congelador? En él, una nota: «No te vayas a la cama sin cenar», firma, Licha. Vaya, no lo había visto. Tanto tiempo, tantos whiskys y nunca lo vi. Así es que lo metí al microondas y lo descongelé. Era su sabor. Las albóndigas que ella preparaba. Esa noche lloré... pero con una sonrisa...

Y la vida siguió. Esos encontronazos con el pasado mezclaron sus recuerdos con un extraño presente. Poco a poco iba sanando sin olvidarla. Sus mensajes. Ella seguía, de forma extraña, conmigo. No sé dónde estaba, no sé cómo sucedía. No sé por qué seguía aquí, pero así era. Recibí mensajes siempre. Un beso en el espejo empañado del baño, después de bañarme y otras veces sus iniciales. Un día me tropecé en el ático de la casa con una caja que tenía sus cosas. Su cobija favorita se asomaba, como pidiéndome que la llevara al sillón donde veíamos la televisión. Así lo hice. Aún olía a ella. La sentía a mi lado todas las tardes de televisión. La vida siguió. Una mañana de domingo me encontré un montoncito de granos de café en mi buró, así es que salí a tomar un café con ella. Caminamos por la lluvia el día que me encontré el paraguas recargado junto a la puerta. Así hacíamos de novios... Sí, éramos novios nuevamente.

De vez en vez, bajaba la silla de mi escritorio, hasta abajo, haciéndome casi caer al piso. Yo reía por supuesto mientras me incorporaba. "¡Estás loca!", gritaba. Escribía mensajes por fuera de la ventana cuando llovía y encendía las luces en las obscuras madrugadas para que me levantara temprano. A cualquiera le hubiera asustado, a mi no. Pero lo que verdaderamente me dejaba sorprendido era su silencio. Nunca, nunca la escuché, por el contrario, era capaz de dejar en completo silencio un espacio, así sabía que estaba presente. Ni un pájaro, ni un claxon de la calle, ni el gran reloj de la sala se escuchaba en su presencia. Era algo... mágico. No necesité la compañía de nadie más porque tenía su compañía. Hasta que llegó el día. Los papeles que nunca habían aparecido, los papeles de su herencia, aparecieron un día. Lo que hacía falta desde hace 27 años para cobrar la herencia... apareció. Una caja llena de documentos, escrituras, estados de cuenta, el caro reloj de su abuelo y el collar de perlas de su madre, y muchas cosas más... Esa noche me quedé dormido viendo la televisión en la sala, cuando su caja de música comenzó a sonar, la caja de música con la bailarina que tanto amaba de niña. Cuando estaba triste, giraba la llave, le daba cuerda y la abría. A lo lejos la escuché... en el cuarto. Me levanté. "¡Licha!", y vi a la pequeña figura bailar junto con la caja llena de documentos y valores. Siempre fue celosa y nunca se separó de mí. Viva estuvo a mi lado, a veces demasiado pegada asegurándose que no me fuera por ahí, como los demás hombres. Por supuesto su amor la mantuvo a mi lado, pero sus celos, son los que la tienen... de vuelta... aquí.

ME LO CONTÓ LA NOCHE

Rodrigo Llop

21. EL MENSAJERO

Alguien tocó la puerta. Siendo la última casa del pueblo, arriba, en la montaña y en lo que era la noche más fría del año, nos extrañó a todos. Las niñas estaban en la cama y yo esparcía las brasas de la chimenea para colocar los leños que nos calentarían durante toda la noche, cuando alguien tocó la puerta.

Mi mujer me miró sorprendida, yo encogí los hombros mostrando confusión. Me dirigí a la puerta, extrañado, para abrir.

–"¿Sí?", pregunté abriendo poco la puerta para evitar que el frío de la tormenta entrara.

–"Soy un mensajero", dijo una voz ronca acompañada por tosidos. Abrí la puerta y un encorvado anciano, con un bordón –una especie de bastón largo que sobrepasaba su altura- me pidió entrar. Mi mujer se incorporó de un sobresalto para ayudarlo a entrar, dejando el tejido en la mecedora en donde estaba y tomo las heladas manos del hombre. Eran excesivamente delgadas, como las de un esqueleto y su piel de un color grisáceo. Una barba negra, que no correspondía con su edad, adornaba su cara. Casi no tenía pelo, su frente se extendía hasta la coronilla. Apenas puso un pie en la casa y se desvaneció. Mi mujer y yo tuvimos que llevarlo a una silla que colocamos cerca del fuego, cubriéndolo con una cobija. Estaba helado como la misma nieve. Poco a poco, fue reincorporándose.

–"¿Qué hace aquí? ¿Está loco?", le pregunté. Nuestro oficio de pastores requiere mantener al rebaño de cabras a grandes alturas, lo cual nos hace estar lejos de cualquier población. Difícilmente alguien viene, nosotros somos los que debemos bajar al pueblo, al menos tres horas de caminata tan solo para vender lo poco que podemos producir. Y ahora, un hombre viene en medio de una tormenta de nieve a tocar a nuestra puerta. Le ofrecimos un asiento y mi mujer le acercó un tazón de sopa caliente.

- "Le traigo noticias, verá...", le dijo a mi mujer mientras me tomaba el brazo y me miraba esperando la aprobación del marido para continuar su relato. Yo asentí y él continuó.

- "No vengo del pueblo de abajo, vengo del otro lado de las montañas. Tuve que caminar por más de dos semanas para llegar aquí. El camino fue difícil y el frío comenzó a atizar. Pensé que le ganaría, pero no lo logré. Aun así, aquí estoy". Dijo mientras daba una cucharada más a la sopa caliente. "Antes de llegar aquí, tuve que caminar al sur a entregar otro mensaje y así es mi vida".

Me intrigó su historia, así es que pregunté más. ¿Quién lo mandaba? ¿Qué mensaje traía? ¿De dónde? ¿Por qué?

- "Desde los 15 años estoy recorriendo medio mundo entregando mensajes, es mi trabajo, pero también es una loza que cargo sobre los hombros. Es al mismo tiempo, una maldición y una bendición. Es lo peor y lo mejor de mi vida", me contestó. "Verán. Salí a caminar con mi mejor amigo. Debía realizar unos encargos, así es que fui por mi amigo Ander a su casa y salimos andando. Nos pidieron que no tardaramos... Por supuesto, no hicimos caso. Decidimos visitar a Ainhoa, la chica de la cual estábamos ambos enamorados. Su casa estaba lejos, pero no nos importó. Ander llevaba una flor, yo, una pequeña mariposa que había logrado cazar en el trayecto. Seguimos el camino hasta que nos topamos con un árbol que había sido desgarrado desde su raíz por las tormentas, haciéndonos cambiar de rumbo. Nos perdimos. El camino se convirtió en una pequeña vereda y la vereda se siguió haciendo más y más angosta hasta llevarnos a un risco. Decidimos no regresar y cruzar escalando las rocas. Mi amigo se aventuró primero, intentando mostrar la valentía que valoraría Ainhoa. Yo, miedoso, no pude competir. El musgo de la temporada de lluvias y el lodo en sus zapatos hizo que resbalara. Alcancé a tomarlo de la mano.

- "¡No me sueltes!", me dijo Ander enganchando su mirada llena de terror en mis ojos.

- "No lo haré", le dije. Y así fue. Ambos caímos. Jamás lo solté.

Recuerdo caminar con él por una senda verde y colorida, con los regalos en nuestras manos. Recuerdo felicidad pura, recuerdo paz. Llegaríamos entonces a un gran portón de hierro. Estaba abierto. Ander me miró y echó a correr para intentar ganarme. Yo no pude alcanzarlo, nunca había podido correr más rápido que él. Él cruzó y yo me detuve justo en el límite. Yo no pude entrar, por más que quería, no pude. Por más que él me insistió, no pude entrar. No entré. Desperté en la cama de la clínica. Él había muerto producto de la caída. Fue instantáneo, no sufrió. Yo, había estado al borde de la muerte. Cuando desperté, varios meses después, me dijeron lo sucedido. Desde entonces viajo en mis sueños. Recorro nuevamente esa vereda solo y nuevamente resbalo, pero en esta ocasión sin caer. Llego a la senda colorida, acompañado siempre por una mariposa que vuela al ras de mi hombro. Corro hasta el gran portón de hierro donde me espera Ander y platico con él. Se que no es un sueño porque la conversación es real. Él me cuenta lo que sucede de aquel lado y yo le cuento lo que de este lado sucede. Él está bien. Pero en ocasiones, los papeles se invierten. Alguien viene, durante la noche, y se presenta ante mí. Me toca el hombro, me despierta y me manda un mensaje.

'Estoy bien', me dicen casi siempre. Esa es la frase exacta. A veces complementan el mensaje, no siempre. Luego se despiden y se van. Al principio fue gente que conocía, después, gente que nunca conocí pero que se quienes son."

Lo miré incrédulo mientras me rascaba la cabeza, tratando de hacer sentido de todo esto. No podía entenderlo bien. El hombre daba otra cucharada a la sopa mientras se limpiaba los bigotes con la manta.

–"¡Ella...!", dijo mientras señalaba con sus delgados y grisáceos dedos la foto encima de la chimenea. "Ella está bien...".

–"¿Amona? ¿La abuela? Ella murió hace años", dijo mi esposa.

–"Así es. La vi... con una sonrisa en la boca. Me vino a ver. Le manda ese mensaje. Esta con Aitona... no sé qué signifique...".

Ambos quedamos callados... Un escalofrió invadió mi cuerpo. Quedamos petrificados y mudos por el mensaje. Aitona había muerto mucho antes que Amona, pero estaban juntas.

–"Las niñas... ellas estarán bien. La grande tendrá un problema de salud, el riñón. La chica será maestra. Eso es todo".

El hombre se levantó y me dio dos palmadas en el hombro. Se dirigió a la puerta, dejando el tazón de sopa vacío en la mesa junto con la cobija. Tomó su bordón y se dirigió a la puerta.

–"¡No se puede ir!", le dijo mi mujer. "¡La tormenta lo matará!".

–"Sería magnífico", contesto irónico. "No hay nada que más quisiera en este mundo que eso. Por desgracia no lo veo venir. Esa es mi condena. Seguir llevando mensajes de aquí para allá y de allá para acá. Ser un mensajero es mi condena por no haberlo podido salvar…".

Se desplomó del cansancio mientras insistía que estaba bien. No era así. Lo cargamos, casi inconsciente, y lo llevamos a al ático, donde había una vieja cama. Encendimos la pequeña estufa y lo cubrimos con varias mantas. Durante la noche, escuchamos conversaciones que provenían del ático. Mensajes para el mensajero… uno tras otro. A la mañana siguiente ya no estaba, la cama estaba tendida. No nos dimos cuenta a que hora se fue. Cómo si nada hubiera sucedido. El mensajero siguió su camino, y nosotros… con el mensaje.

22. LOS TRES FANTASMAS DE LA NAVIDAD

Los ruidos en el piso de abajo me despertaron, así es que me levanté. Miré el reloj, eran las 4:30 de la madrugada. Los niños no se levantan a esta hora, tal vez un día como hoy, sí, pero era poco probable. Así es que me levanté, me puse mi bata y froté mis manos enfrente de mi cara mientras soplaba.

–"¡Vaya frío!", murmuré mientras recorría el pasillo hasta los cuartos de los niños. Ambos dormían. De hecho, en la planta alta de la casa, todos dormían, menos yo.

–"¿Quién estaba abajo hablando y riendo? ¿Haciendo ruido?", me pregunté.

Tomé el bat que estaba recargado al lado de la cómoda y decidí bajar cauteloso esperando lo peor. ¿Ladrones? ¿Algún animal entró intentando resguardarse del fío? Era mi mejor apuesta. Apenas podía tener los ojos abiertos. Sentí que recién me había ido a dormir y, sin embargo, era un nuevo día.

Comencé a bajar las escaleras tomándome del barandal de madera. Los escalones rechinaban como las maderas hinchadas de un viejo barco en altamar. De puntitas, un escalón tras otro, intentando hacer el menor ruido posible, pero la vieja casa tenía otra idea con respecto a mi cautela. Sombras se reflejaban producto de la luz del fuego de la chimenea. Habían quedado brasas apenas cuando nos fuimos a dormir ayer. ¡No era posible! Miré hacia la mitad de la escalera que ya había dejado atrás para asegurarme que mi familia estaba a salvo arriba, en sus cuartos. Las centellantes luces del árbol coloreaban las paredes. ¡No lo podía creer! Era yo. En el piso a un costado del árbol junto con mi hermana. Abriendo regalos, riendo y jugando.

Me senté en un escalón a observar. Froté una vez más mis ojos. ¡No era posible! ¿Estaba despierto? ¿Era esto un sueño? Era tan real como la cena de la noche anterior y, sin embargo, estaba yo observándome a mí, en lo que parecía ser la madrugada de la Navidad de... ¿1977? ¿78 probablemente? Sonreí y me quedé viendo el cuadro.

Mi hermana tomaba un regalo de debajo del árbol y leía el nombre. "Manu" y me lo pasaba. Yo lo sacudía en el oído intentando adivinar que era. Nunca adivinábamos. Los regalos siempre fueron una sorpresa.

–"Si mal no recuerdo, ese sería la pista de coches con la que jugué hasta los 16", pensé. Seguí observando como desgarraba la envoltura con poco cuidado. Mamá siempre me reñía.

–"¡Puede servir para envolver otras cosas, no lo rompas!". Poco me importó. Poco me importaba. Mi sorpresa fue como la del niño que de forma desesperada, abría el regalo. "Un coche para armar", gritamos al unísono.

–"¡Vaya! ¡No recordaba ese regalo!".

–"¡Papá, papá! ¿Me ayudas a armarlo?". Papá ignoró al niño que emocionado le mostraba la caja de un Volkswagen negro para armar. Mi hermana se percató del cuadro y tomó al niño de la mano y lo llevó al pie del árbol nuevamente, mirando molesta a papá. Se me rompió el corazón. Abrieron más regalos, distrayéndose de la indiferencia de papá, que solamente movía su vaso viendo como los hielos del whisky giraban y giraban haciendo ruido. Ahora recuerdo esa escena. Vaya... siempre fue así Andrea. Protectora.

La luz se apagó de golpe, todo quedó en silencio y obscuridad. El frío arreció inmediatamente. Vaho salía de mi boca al respirar. Lo que pensaba que éramos mi hermana y yo, se convirtió repentinamente en dos largas sombras que eran proyectadas por la blanca luz de la farola de la calle. Ni el árbol ni la chimenea estaban encendidas, el sillón donde estaba papá sentado, estaba vacío. No había nadie en la sala. Me tallé los ojos nuevamente.

–"Me estoy volviendo loco", pensé. Tomé el bat y me dispuse a subir las escaleras cuando escuché un ruido en la cocina. Un vaso rompiéndose y unos quejidos. Un escalofrío recorrió mi cuerpo. Apreté las manos acariciando el bat en posición de alerta. De puntitas me acerqué a la cocina sin querer hacer ruido. Me asomé por el ojo de buey de la puerta de la cocina para espiar y ver que sucedía. Papá discutía con mamá. Él con una botella en una mano y un cigarro en la otra. Empujaba y sacudía a mamá. Amenazaba con quemarla con el cigarro. Mientras tanto, ella se secaba las lágrimas y le pedía que se callara. "Despertarás a los niños", le dijo. Papá se dio la vuelta, ella corrió a la mesa y tomó el cuchillo discretamente, no para usarlo, pero si para tenerlo cerca. Papá bebió y se sentó, no menos calmado. Argumentaba que la había visto coquetear con … no se con quién... ¿con mi tío? Papá daba otro trago de la botella cuando la agarró por sorpresa del cuello empujándola contra el refrigerador. El refractario del pavo cayó al suelo rompiéndose en mil pedazos. No podía soportarlo, entré azotando la puerta y grité "¡Detente!". La cocina estaba vacía, obscura, perfectamente limpia. No había nadie a quién golpear. Debía ser la Navidad de 1980 u 81.

–"¿Qué está pasando?", pensé.

Abrí una puerta de la alacena para tomar un vaso y servirme un poco de agua. "¡Vamos, es hora de despertar!" Cerré los ojos mientras bebía, esperando que el agua me calmara. Entonces escuché el cerrojo de la puerta. Sin hacer ruido, abrí la puerta de la cocina y salí. Papá se ponía el abrigo y la bufanda. Se echaba una botella a la bolsa del abrigo y le dio tres palmadas.

–"Vaya... la acariciaba más que a mí", pensé. Tomó una pequeña maleta y se la echó al hombro. Era 1985, ese año lo sé bien porque fue el año que no hubieron regalos. El año que papá se fue, en la madrugada de la Navidad del 85. Tambaleó, y logró aferrarse del marco de la puerta. Estaba borracho, era evidente.

Me acerqué, él me miró fijamente. Su mirada se enganchó en la mía, por última vez. Yo me asusté. Esa mirada siempre me dio miedo y a pesar de que hacía más de 30 años que no la veía, logró asustarme. Se despidió, a lo lejos, con una mueca y poniendo sus dos dedos encima de la frente, como se despedía el detective de la televisión. Sentí de todo al mismo tiempo... rabia, asco, enojo, tristeza, pero, sobre todo, reconciliación y pena por él. Salió y cerró la puerta. Nunca más lo volví a ver. Hasta hoy. Mamá nos dijo que había ido a trabajar a Europa. Que regresaría... que pronto estaríamos todos juntos. Nos decía que mandaba dinero. Me lo creí durante años. Ahora sé que no era así. Me alegré de haberlo visto, así... débil y derrotado. Eso se merecía y más en una noche como esta, en la noche de Navidad. Me acerqué a la puerta y eché el cerrojo asegurándome que quedara afuera... que nunca volviera.

Revisé los regalos debajo del árbol, eran las 6 de la mañana, los niños estarían por despertar. Encendí las luces del árbol, vi que las galletas estaban mordisqueadas y el vaso de leche estaba a la mitad. Santa Claus venía con hambre.

ME LO CONTÓ LA NOCHE

Subí las escaleras intentando no hacer ruido y abrí la puerta de los cuartos de los niños. Las camas estaban vacías. Llegué a mi cuarto, ahí estaban ambos, durmiendo en mi cama con mi mujer. No había espacio para mí, así es que sólo me senté en el sillón a verlos dormir y a ver el amanecer. Siempre pensé que esa Navidad, los regalos no habían llegado y sin embargo sí... Sí que llegaron. La partida de papá fue el mejor regalo que nos pudo dar... por siempre.

EPÍLOGO

A veces me pregunto si existimos. El pasado es lo que fue; el futuro es lo que va a ser. El presente es lo que divide el pasado del futuro. Sin embargo pienso ¿cuánto mide el presente? En realidad nada. Ambas fronteras se juntan para crear el presente... la realidad. ¿Existe esa realidad? Tengo mis dudas. Vivimos más en la fantasía que en la realidad. Cuando uno lo entiende, cuando uno lo ve, cuando uno es capaz de desprenderse de la realidad y pasearse por la fantasía, se topa con un mundo maravilloso y único. Ese mundo es el que más disfruto, más aún que la inexistente realidad.

Vivo flotando, vivo volando, vivo con los pies despegados de la tierra. Para mi es muy difícil aterrizar por eso, porque soñar es mi estado natural. Y tu me preguntarás, "¿de verdad eso es lo natural?". Si. Así vienen "pre programados" los niños. Así nacemos. Con una capacidad infinita de imaingar, de soñar y de jugar. Una capacidad que desaprendemos, que eliminamos, que borramos... que nos los adultos hacen que la olvidemos. Esa es la importancia de traer a la imaginación a este mundo. Aprender a volar nuevamente, aprender a desprender los pies de la tierra y flotar. Imaginar es tener opciones y no hay nada más importante en la vida de una persona que tener opciónes de vida.

Tener la capacidad de cruzar al mundo de la fantasía es el mejor regalo que me ha dado la vida. Fomentarlo mediante la imaginación, es el mejor regalo que me he dado yo. Estos cuentos son reflejo de lo que es tener un pie allá y otro acá. Ser un verdadero enlazador de mundos. Yo te digo que los mundos de la imaginación, de la magia, de los sueños y de la fantasía si existen. Está en ti visitarlos de vez en cuando... al menos.

ME LO CONTÓ LA NOCHE

Rodrigo Llop

SOBRE EL AUTOR

Rodrigo Llop es escritor y locutor. Tras una carrera en empresas de alta tecnología, decide explotar sus dotes de *Storyteller* para contar, mediante el podcast, toda la maraña de sueños e imágenes que hay en su cabeza. El lado izquierdo de su cerebro está entrenado para buscar cifras, datos, números, análisis, información. El lado derecho para crear, escribir, imaginar, soñar y sobre todo, contar historias. Ambos lados se unen para enseñar, guiar y entretener.

Escribe y narra en **Azul Chiclamino**, su primer podcast, historias basadas en información dura, confiable y sustentada pero con un toque de humor y sarcasmo. La política, la economía, la religión, la ciencia, la tecnología y otros quevares del más allá hacen de su columna y podcast, fácil lo que parece difícil y complicado de entender. **Azul Chiclamino** está ranqueado en el Top 10 de los podcasts de Noticias y Política, compitiendo con CNN, BBC, The New York Times, Univisión y otras grandes productoras de podcast.

Llop crea **Me lo contó la noche** como parte de un laboratorio literario narrativo con una intención: crear 7 historias dignas de entretener, sorprender y asustar. El proyecto se extiende indefinidamente, hasta el momento, a 21 historias contenidas en este libro. Su objetivo principal, valerse del *twist plot*, herramienta literaria que engaña al lector creando un inesperado final en las historias para llevar al lector a un mundo extraño, desconocido que oscila entre la realidad y la irrealidad. El mundo de los sueños y la fantasía los convierte en realidad en estos 21 relatos. En su nuevo podcast, **Cerebro de Silicio**, Llop da consejos a empresarios y emprendedores que buscan concretar la instrumentación de proyectos de Inteligencia Artificial.

Llop ha ganado cuatro premios Latin Podcast Awards. Tres en 2018 con Azul Chiclamino: Mejor Podcast México, Mejor Podcast categoría Noticias, Política y Religión y Mejor Podcast Latino 2018, y uno con Me lo contó la noche en 2019: Mejor podcast de literatura.

ME LO CONTÓ LA NOCHE

VISITA AL AUTOR

www.melocontolanoche.com

www.azulchiclamino.com

www.cerebrodesilicio.com

Twitter: @rodrigo_llop

Instagram: rodrigo_llop

Facebook: rodrigollopmx

Escuchame en Apple Podcast, Spotify y
en todas las plataformas de podcast.

Conferencias, contrataciones y consultorías, contáctame.
Ideas, preguntas y comentarios:
rodrigo@azulchiclamino.com

Made in the USA
Thornton, CO
02/18/23 23:01:17

dcb67205-2233-4c88-9b51-079db44190f8R02